무당패왕 7

2023년 10월 10일 초판 1쇄 인쇄
2023년 10월 13일 초판 1쇄 발행

지은이 윤신현
발행인 강준규

기획 이기헌 왕소현 임동관 박경무 강민구 조익현
책임편집 이정규
마케팅지원 이원선

발행처 (주)로크미디어
출판등록 2003년 3월 24일
주소 서울시 마포구 마포대로 45 일진빌딩 6층
Tel (02)3273-5135 Fax (02)3273-5134
홈페이지 rokmedia.com E-mail rokmedia@empas.com

ⓒ 윤신현, 2023

값 9,000원

ISBN 979-11-408-1357-5 (7권)
ISBN 979-11-408-1050-5 04810 (세트)

윤신현 신무협 장편소설

7

武當霸王

무당
패왕

ROK
MEDIA
로크미디어

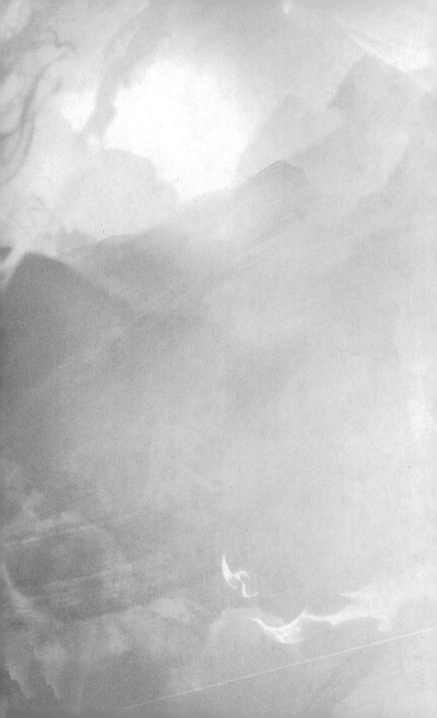

차례

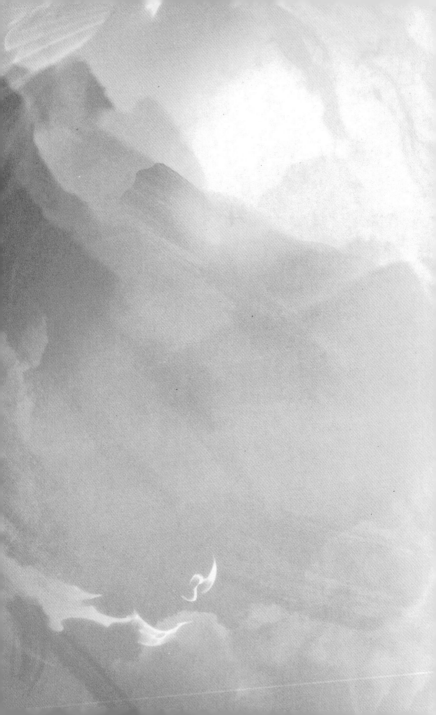

제53장 상처뿐인 승리

울컥!

피를 토하는 추노를 향해 이춘상이 히죽 웃으며 말했다.

하지만 단전이 관통당했음에도 추노의 시선은 여전히 소문주의 시체로 향해 있었다.

죽어 가는 와중에도 오직 유하성만을 노려봤던 것이다.

그런 추노의 모습에 이춘상은 더 말하지 않고 정수리의 백회혈을 찍어 마무리를 지었다.

"고생했다."

"나 혼자 싸운 것도 아닌데."

추노를 대충 던진 이춘상이 유하성에게 다가갔다.

그리고 그 뒤를 함께 싸운 개방도들이 따랐다.

귀단문의 고수라 할 수 있는 둘을 처치했지만 아직도 번천회의 전력은 막강했다.

특히 흑점과 정체불명의 세력의 활약이 대단했다.

귀단문이야 원래 강력하다는 걸 알고 있었지만 두 세력은 의외였기에 더욱 크게 다가왔다.

거기다 하오문도 다른 곳에 비해서 두드러지지 않을 뿐이지 제 몫 이상은 하고 있었다.

"더 싸울 수 있지?"

"물론이지. 어디로 갈 거야?"

"가장 위험한 곳으로."

"당연히 내가 가야 할 곳이로군."

제일 위험한 곳으로 가겠다는 말에 이춘상은 눈을 빛냈다.

두려움이라고는 일절 없는 눈빛으로 오히려 투지를 불태우는 모습이었다.

"가자."

"그래."

대화를 하는 이 순간에도 누군가는 죽고, 사경을 헤매고 있었기에 유하성은 곧바로 움직였다.

이춘상은 물론이고 뒤따르는 개방도들도 지친 기색이 완연했으나 멈출 수는 없었다.

싸우지 않으면 죽는 곳이 전장이었기에 지금은 어떻게든 움직여야만 했다.

멈추는 순간 보이지 않는 칼이 몸을 찌를 것이기에 힘들어도 계속해서 움직여야 했다.

뻐억! 뻑!

이동하면서 유하성은 끊임없이 양손을 움직였다.

경로에 있는 적들을 간결하고 확실하게 처리했던 것이다.

그야말로 일격필살의 모습에 이춘상도 이를 악물고 따라갔다.

그래도 그간의 체력 훈련이 헛되지는 않았는지 무서운 속도로 질주하는 유하성을 어찌어찌 따라갈 수는 있었다.

쌔애액!

인원은 오백 명 정도밖에 되지 않았으나 정체불명의 세력이 보여 주는 돌파력은 어마어마했다.

구대문파나 오대세가마저도 제대로 막아 내지 못할 정도였다.

그중 유하성은 무당파의 제자들이 모여 있는 곳으로 향했는데 도착하기 무섭게 한쪽 다리가 꼬챙이로 되어 있는 무인이 달려들었다.

꼬챙이가 의족임과 동시에 무기였던 것이다.

웅웅웅!

그런데 그 꼬챙이에 강기가 서려 있었다.

거기다 양손에는 검과 도까지 들고 있었기에 한 명이지만 무려 세 개의 무기가 동시에 유하성에게 쇄도했다.

쌔애액!

기상천외한 공격이었으나 유하성은 가볍게 피해 냈다.

변화막측하기는 하나 딱 거기까지였다.

총표파자처럼 빠르고 정교하지도, 귀단문의 소문주처럼 압도적인 힘으로 찍어 누르는 것도 아닌 단순히 현란한 기교에 불과했기에 오히려 유하성에게는 쉬웠다.

터터팅!

아무리 화려하고 변초가 많아도 유하성은 자신이 있었다.

그 어떤 공격도 흘려 낼 자신이 말이다.

총표파자와 귀단문의 소문주를 상대하느라 내공 소모가 극심했지만 둘에 비하면 지금 눈앞에 있는 상대는 아무것도 아니었다.

빠각!

두 손을 부드럽게 회전시키며 상대의 공격을 전부 다 흘려 버린 유하성은 그대로 손날을 이용해 목을 후려쳤다.

짧고 빠르게 치고 빠졌던 것이다.

그 결과 목이 부러진 상대가 그대로 절명했다.

콰득! 까득! 뻑!

유하성은 그 뒤로 계속해서 적들을 쓰러뜨렸다.

홀로 춤을 추듯 유려하게 움직이며 하나같이 장애를 가진 정체불명의 무인들을 도륙했던 것이다.

겉으로 보기에는 그저 혼자 춤사위에 빠진 것처럼 보였으나 문제는 그걸 누구도 막아 내지 못한다는 점이었다.

그리고 그건 전장의 공포로 자리 잡은 귀단문도들이라고 해서 다르지 않았다.

"으어억!"

"끄헉!"

추풍낙엽처럼 쓰러지는 적들 사이로 유하성은 유유히 움직였다.

그 누구도 유하성을 막지 못했던 것이다.

거기다 이춘상까지 가세하니 전장의 한 축이 뭉개졌다.

"지금이다! 진형을 구축해!"

"밀어 내! 적들을 밀어 내는 데 주력해라!"

유하성과 이춘상의 활약에 전장 전체를 지휘하던 제갈민이 소리쳤다.

두 사람의 활약으로 전황의 흐름이 미묘하게 바뀌기 시작한 걸 알아차린 것이었다.

그건 곧 기회라는 말과도 같았기에 제갈민은 목이 터져라 소리치며 지시를 내렸다.

"제, 제기랄!"

"커헉!"

거기에 황하수로채의 총채주와 수천주가 끝내 취선의 손에 절명하자 분위기가 반전되었다.

일독문주, 총표파자에 이어 수천주가 죽자 번천회의 기세가 확연히 꺾였던 것이다.

게다가 변화는 이게 다가 아니었다.

"빌어먹을⋯⋯."

철갑기마대와 함께 성승과 소림사를 상대하던 철기방주가
쓰러졌다.

그토록 자신하던 철갑이 박살이 나서 맨몸이 훤히 드러나
있었고, 그마저도 전신이 피투성이였다.

제대로 서 있는 게 신기할 정도로 상처투성이의 모습으로
철기방주는 검에 기대어 겨우 서 있었다.

옆에는 터져 나간 듯한 말의 사체가 있었고.

"이 개 같은 것들이!"

상황은 귀단문주도 다르지 않았다.

명천 한 명을 상대로는 압도하는 모습을 보여 주었지만 취
선이 합류하고, 거기에 검제 남궁수가 합류하자 제아무리 귀
단문주라도 손발이 꼬일 수밖에 없었다.

무지막지한 내공을 가지고 있다고 하나 천하십대고수 중
셋을 상대로는 그도 고전을 면치 못했다.

'으음!'

그 광경에 후방에서 상황을 지켜보던 하오문주가 미간을
좁혔다.

분위기가 묘하게 흘러가는 걸 그녀는 감지했던 것이다.

십천주 중 무려 세 명이 죽었고, 한 명은 죽음을 피하지 못

할 상황이었다.

거기다 공공문주는 사형제들을 구출하겠다고 빠진 상태이기에 남아 있는 천주는 그녀를 비롯해서 벽력문주, 흑점주, 귀단문주, 그리고 괴형문주(怪形門主)뿐이었다.

'승패가 기울었어.'

하오문주는 냉정하게 판단했다.

처음 전투가 시작할 때만 하더라도 그녀는 번천회가 승리할 가능성이 최소 육 할은 된다고 생각했었다.

계획대로 잘 풀린다면 팔 할까지도 올라갈 거라고 예상했다.

그런데 결과는 전혀 다르게 나왔다.

'모두 저놈 때문이야.'

하오문주가 표독한 눈빛으로 유하성을 노려봤다.

지금의 결과가 유하성 혼자서 만든 건 아니지만 적어도 시작점은 되어서였다.

총표파자이자 녹천주가 천하십대고수의 일인인 비존을 쓰러뜨렸을 때만 하더라도 하오문주는 내심 환호성을 질렀다.

첫 단추를 잘 끼웠다는 생각에서였다.

하지만 그 뒤의 대결이 문제였다.

녹천주가 유하성에게 죽고 나서부터 모든 게 꼬였다.

'저놈만 아니었다면……'

운중비존이 아무리 전성기가 지났다고 하나 그래도 천하

십대고수였다.

그런 운중비존을 쓰러뜨린 게 총표파자인데 유하성은 그런 총표파자를 죽였다.

거기다 천주들과 비교해도 손색이 없는 무력을 지닌 귀단문의 소문주까지 쓰러뜨렸기에 전황이 기우는 건 당연했다.

전장을 좌지우지할 절대고수 둘이 사라졌는데 밀리지 않는 게 이상했다.

'지금이라도 노려 봐?'

하오문주의 두 눈이 번뜩였다.

승패가 기운 건 사실이지만 아직 크게 밀리는 건 아니었다.

숫자는 이쪽이 많았고, 벽력문의 진천뢰가 막히고 있다고하나 이쪽에는 폭정단과 폭혈단이 남아 있었다.

그리고 티를 내지 않고 있지만 유하성은 지쳤을 게 분명했다.

'총표파자와 귀단문의 소문주를 연달아 상대하고 저렇게 싸우는데 지치지 않았을 리가 없지. 체력적으로는 버틸 만할지 몰라도 내공은 바닥일 거야.'

굳이 냉정할 필요 없이 객관적으로만 생각해도 충분히 추측할 수 있었다.

사람인 이상 한계는 있을 수밖에 없었다.

천하의 검선과 취선도 지친 기색이 완연했다.

만약 검제가 합류하지 못했다면 쌍선이 쓰러져도 이상할 게 없었다.

"저, 적이다!"

"보타문이 어째서?!"

"해남검파까지?!"

그때 또 다른 변수가 등장했다.

가뜩이나 중원수호맹에 밀리고 있는데 또 다른 적이 나타났던 것이다.

그것도 남쪽에서 등장한 보타문과 해남검파의 모습에 하오문주는 빠르게 결단을 내렸다.

더 있어 봤자 피해만 커진다면 최대한 빨리 빠지는 게 답이었다.

─모두 퇴각해!

해남검파와 보타문의 숫자를 파악한 하오문주는 망설이지 않았다.

패배한 건 분했으나 그렇다고 이곳에서 목숨을 걸 생각은 없었다.

죽지만 않으면 언젠가는 기회가 오기에 하오문주는 문도들에게 퇴각을 명령했다.

─녹천과 수천의 뒤로 이동해!

그런데 초급한 상황임에도 하오문주는 영악하게 움직였다.

녹림십팔채와 천하수로채를 제물로 삼아 빠져나가려 했던 것이다.

십천 중 가장 숫자가 많았기에 하오문주는 그 점을 십분 이용했다.

더해서 정도무림을 배반한 이들까지도.

"퇴각해라!"

"모두 물러나!"

하지만 그녀만 상황 판단이 빠른 건 아니었다.

흑점주 역시 귀신같이 전황이 기운 걸 파악하고는 재빨리 물러났다.

하오문 못지않게 잽싸게 수하들을 집결시켜서는 빠져나갔던 것이다.

심지어 중원수호맹에 제물을 넘기는 것까지 똑같았다.

콰콰콰쾅!

마지막으로 벽력문이 사방팔방에 진천뢰를 던지고 공공문이 연막탄을 터트리자 화룡점정이 되었다.

벽력문과 공공문 역시 약삭빠르게 도주를 택한 것이었다.

"어, 어딜 가는 거야!"

"이대로 도망친다고?! 우리를 버리고?"

"가지 마! 가지 말라고!"

"같이 싸우기로 약속했잖아!"

순식간에 빠져나가는 하오문, 흑점, 벽력문, 공공문의 모습에 정도무림을 배신하고 번천회에 합류했던 무인들이 아연실색했다.

아무리 예상치 못한 지원군이 중원수호맹에 합류했다고 하나 그렇다고 이렇게 내뺄 줄은 몰라서였다.

하지만 놀람은 잠시였고 이내 다들 얼굴에 두려움이 가득 차올랐다.

배신자의 말로는 고래(古來)를 막론하고 언제나 똑같았다.

그렇기에 다들 표정이 하나같이 해쓱하게 변했다.

이대로 가만히 있어도 죽고, 도망쳐도 추격을 당할 터였다.

"나, 난 죽기 싫어!"

"이대로 죽을 수는 없어!"

새로운 세상을 꿈꿨지 이런 결과를 바라지는 않았다.

그러나 중요한 건 지금 보고 느끼는 게 현실이라는 점이었다.

결국 그들이 바라는 미래는 오지 않았고, 남은 건 차악과 최악 중 하나를 고르는 일뿐이었다.

그리고 답은 정해져 있었다.

"같이 죽자!"

"네놈들과 함께 저승에 갈 것이니라!"

물론 모두가 다 그런 건 아니었다.

수장을 잃은 일독문과 귀단문은 물러나기는커녕 독이 바

짝 오른 모습으로 달려들었다.

이기지 못한다면 동귀어진이라도 하겠다는 듯이 몸을 날렸다.

실제로 한 명 한 명이 절독을 품고 있는 일독문은 몸 자체가 흉기이자 살인병기이기도 했다.

꽈과과광!

다만 문제는 숫자가 적다는 점이었다.

위협적인 건 사실이었으나 막아 내지 못할 정도는 아니었다.

중원수호맹에는 일독문과 비교해도 뒤떨어지지 않는 사천당가가 있었고, 귀단문의 폭혈단도 충분히 대비하고 있었기에 부상자는 있을지언정 죽은 이는 없었다.

"이, 이겼다!"

"우리가 이겼어!"

"으아아아!"

일독문과 귀단문이 산화하자 녹림십팔채와 천하수로채도 빠르게 흩어졌다.

복수를 부르짖던 이들이 모두 죽자 각자 제 살길을 찾아 사방팔방으로 도망친 것이었다.

그 결과 번천회의 진영은 순식간에 와해되었다.

"후욱! 훅!"

"……끝났네."

썰물 빠지듯이 남서쪽으로 순식간에 사라지는 십천의 모습에 유하성은 숨을 몰아쉬었다.

이제야 마음 편히 숨을 쉬었던 것이다.

반면에 이춘상은 아예 드러누웠다.

악으로 깡으로 버티고 있었기에 이춘상은 대(大)자로 누워서 심호흡을 크게 했다.

"쉬고 있어."

"어디 가게?"

고개도 까딱할 힘이 없는 모양인지 이춘상은 눈만 살짝 돌린 채로 물었다.

그런 이춘상의 모습에 유하성은 피식 웃으며 대답했다.

"내가 갈 곳이 따로 있나."

"으익! 그럼 나도 가야지. 사부님이 계실 테니."

이춘상이 억지로 몸을 일으켰다.

어디로 가는지 아는데 이대로 누워 있을 수만은 없어서였다.

온몸이 비명을 질렀지만 이춘상은 이를 악물고서 일어났다.

"힘들면 조금 쉬다 와."

"그럴 수는 없지. 사부님 잔소리 듣는 것보다는 몸이 힘든 게 나아."

"잔소리가 많으실 것 같지는 않은데."

"너는 당연히 모르지."

이춘상이 투덜거렸다.

겪어 보지 않은 이는 절대 알 수가 없어서였다.

"부축해 줄까?"

"말하기 전에 해 주면 더 좋을 텐데."

"후후!"

정말 힘든 모양인지 평소와 달리 튕기지 않는 이춘상의 모습에 유하성이 피식 웃으며 한쪽 팔을 들어 어깨에 걸쳤다.

그런데 큰 상처는 없어도 자잘한 상처는 많은 모양인지 이춘상이 신음을 흘렸다.

"으윽!"

"금창약부터 뿌려야 하는 거 아냐?"

"너도 마찬가지 아닌가?"

"난 상처에 익숙한 편이라."

유하성이 어깨를 으쓱거렸다.

그라고 고통을 느끼지 못하는 건 아니었다.

다만 익숙한 것뿐이었다.

"나도 익숙한 편인데……."

"이렇게 극한까지 싸워 본 적은 없잖아?"

"……그렇긴 하지."

이춘상이 조금 늦게 대답했다.

생각해 보니 이런 대규모 전투도, 극한까지 몰려 본 적도

무당
패왕

처음이었다.

수련할 때 스스로의 한계를 봤다고 생각했는데 그건 착각이었다.

그걸 이춘상은 이번 전쟁을 치르면서 처절하게 깨달았다.

'근데 넌 어떻게 괜찮은 거냐.'

이춘상은 그 한마디가 목 끝까지 차올랐다.

하지만 묻지 않았다.

자존심 때문이 아니라 예상이 가는 게 있어서였다.

"왔느냐."

"유 사제."

"사숙."

명천이 있는 곳으로 다가가자 무율과 원일이 있었다.

그보다 먼저 이곳에 와 있었던 것이다.

이춘상을 취선에게 보낸 후 유하성은 명천의 몸 상태를 살폈다.

"괜찮으십니까?"

"멀쩡해. 이 정도는 침 바르면 금방 낫는다."

"……."

유하성은 물론이고 무율과 원일이 어처구니없다는 표정을 지었다.

그러나 이내 무율과 원일은 표정을 가다듬었다.

순간적으로 표정 관리를 하지 못했음을 뒤늦게 깨달은 것이었다.

"다 봤다, 이놈들."

하지만 조금 늦고 말았다.

무율과 원일을 보며 명천이 두 눈을 부라렸던 것이다.

그런데 유하성에게는 별다른 말을 하지 않았다.

"허세를 부리셔도 정도껏 부리셔야죠."

"진짜 침 바르면 낫는 정도다."

"혼자서는 일어서지도 못하실 것 같은데요?"

"아닌데?"

명천이 반박하려는 듯 몸을 일으켰다.

하지만 반도 일어나지 못하고 다시 주저앉았다.

오른쪽 허벅지에 당한 관통상으로 인해 균형을 잡지 못한
것이었다.

"사부님!"

그 모습에 무율이 다급히 다가가 부축했다.

근데 무율의 상태도 썩 좋지는 않았다.

무율 역시 피투성이였던 것이다.

"쯧쯧! 나이도 처먹을 만큼 먹은 위인이 어찌 저리 철이
없는지. 이제는 아이들 말을 들을 때도 되었건만."

"철이 없다니!"

"인정할 건 인정해야지."

이춘상의 등에 업혀 있는 취선이 혀를 끌끌 찼다.

그녀의 눈에는 참 쓸데없이 자존심을 세우는 것 같아서였다.

아프면 아프다고, 힘들다면 힘들다고 솔직하게 말해도 되는데 명천은 끝끝내 그러질 않았다.

"저도 같은 생각입니다. 이제는 연세를 생각하셔야지요."

"허어."

거기에 남궁수도 가세했다.

명천과 취선에 비하면 상처가 적었지만 그 역시 안색이 그리 좋지 않았다.

과도하게 공력을 사용해서 그런지 얼굴이 창백했다.

"그나저나 보타문과 해남검파가 늦지 않게 도착해서 다행입니다."

"딱 필요할 때 도착했어. 조금만 늦었어도 피해가 기하급수적으로 늘었을 게야."

취선이 고개를 주억거렸다.

중원수호맹이 서서히 우세를 점해 가고 있었다고 하나 여전히 전체적인 전력은 열세였다.

거기다 폭정단과 폭혈단이 있었기에 마지막까지 갔다면 양패구상이 되었을 가능성이 컸다.

그런데 보타문과 해남검파로 인해 하오문과 흑점이 물러나는 걸 선택했고, 그 결과가 지금이었다.

"시기적절하기는 했지. 이왕이면 좀 더 일찍 와 주었으면

했지만."

"두 문파로서는 최선을 다한 거야. 여기까지 오는 거리도 생각해 줘야지. 게다가 하오문에 들키지 않아야 하는데."

"말이 그렇다는 거지. 그보다 남서쪽이라. 역시 서장 쪽으로 가는 건가."

"운남성으로 빠질 수도 있고. 아니면 빠지는 척만 하거나. 다른 곳은 몰라도 하오문의 근간은 중원에 있으니까."

"바빠지겠어."

명천이 눈을 희번덕이며 말했다.

전투는 끝났지만 전쟁은 아직 끝나지 않았다.

번천회의 세력이 지리멸렬했으나 십천의 반 이상이 건재했다.

그러니 승리에 기뻐하기는 일렀다.

전투가 끝났다고 모든 게 끝난 건 아니었다.

오히려 전투 전보다 더 바쁜 게 현실이었다.

부상자들을 치료해야 하고, 죽은 이들의 시신을 수습해야 했다.

특히 사망자들의 가족에게도 소식을 전해야 했기에 대부분의 업무를 총괄하는 군사부는 물론이고 각파와 각 가문의 무인들은 정신없이 움직였다.

"으음!"

그리고 그중에는 유하성도 있었다.

죽은 무당파의 제자들을 챙기기 위해 유하성도 다른 이들과 함께 쉬지도 않고 움직였다.

"……사숙."

"쉬지 않고."

"사부님도 안 계시는데 제가 어찌 쉬겠습니까."

"그러다가 골병든다."

"괜찮습니다."

온몸에 붕대만 대충 감은 모습으로 원일이 옅게 웃었다.

하지만 유하성에게는 처연하게만 보였다.

가까스로 버티는 것처럼 보였던 것이다.

"힘들면 돌아가. 네 마음은 알지만 죽은 제자들을 생각하면 넌 아파선 안 돼. 죽은 제자들의 몫까지 네가 살아야 해."

"명심하겠습니다."

무거운 어조로 원일이 대답했다.

그러나 쉽게 물러날 기색은 아니었다.

죽은 무당파 제자들의 시신을 다 수습할 때까지는 이곳에 있을 기세에 유하성은 고개를 한 차례 흔들고는 다른 이들과 함께 시체들의 신원을 확인했다.

"후우."

전장을 돌아다니는 건 무당파뿐만이 아니었다.

다른 문파들도 죽은 제자들과 가솔들의 시신을 수습했다.

소속을 증명하는 표식이 있다면 서로서로 인계해 주면서
말이다.

그리고 그럴수록 유하성의 마음은 침통해졌다.

스윽.

눈도 제대로 감지 못하고 죽은 제자들을 보면 한숨이 절로
나와서였다.

하지만 이건 양반이었다.

전신이 갈가리 찢어진 경우 신원을 확인하고 싶어도 할 수
가 없었다.

몸이 찢어졌기에 딱히 신분을 증명할 표식이나 물건도 없
었고 말이다.

쿵. 쿵. 쿵.

각 문파와 가문들이 신원을 확인한 시신을 배정받은 구역
에 옮기면 중원수호맹의 무사들이 수레에 실어 가져온 관에
하나하나 담았다.

우선은 확인이 된 시신들부터 확실하게 수습하는 것이었
다.

그런데 죽은 이들의 숫자가 워낙에 많아 모두가 계속 움직
이고 있음에도 좀처럼 진전이 없었다.

번천회 소속의 무인들을 따로 구분하는 작업도 해야 했기

에 속도는 더더욱 더뎠다.

"크헝헝!"

"끄윽! 꺽!"

거기다 시간이 갈수록 울음소리가 늘어났다.

처음에는 초연하게 사형제들의, 가족들의 시신을 수습했지만 그게 두 구가 되고 열 구가 넘어가자 눈가가 촉촉해지고 눈물이 흘러나왔다.

남녀노소를 불문하고 곳곳에서 터져 나오는 울음은 순식간에 전체로 번져 나갔다.

슬픔이 전염되는 것처럼 모두에게 퍼졌던 것이다.

"이익!"

"개새끼들! 지옥에나 떨어져 버려라!"

슬픔 다음에는 분노인 건지, 아니면 화풀이가 하고 싶은 건지 몇몇 무인들은 이미 차갑게 식어 있는 시체에 분풀이를 했다.

그런다고 한들 죽은 가족이, 형제가 돌아오는 건 아닌데 말이다.

하지만 그렇다고 말리지도 않았다.

각자의 방식으로 슬픔을 털어 내려는 것일 테니까.

"무당파는 좀 늦네."

"개방은 끝났냐?"

"우리는 인원이 많잖아. 물론 죽은 이들도 많긴 한데, 옷만 보면 신원 확인이 가능하니까."

원일 못지않게 창백한 안색으로 이춘상이 다가왔다.

시신을 수습하느라 새로 입은 옷이 피범벅이 되었으나 이춘상은 개의치 않았다.

오히려 평소와 달리 장난기가 일절 없는 모습으로 깊은 한숨만 푹푹 내쉬었다.

"고생했다."

"나만 고생했나. 다들 같이 고생했지."

"그래도 이렇게 수습할 수 있는 게 어디야. 만약 이기지 못했다면 수습은 꿈도 꾸지 못했을 거다."

"그렇긴 하지."

이춘상이 고개를 주억거렸다.

번천회를 밀어냈기에 유하성의 말마따나 이렇게라도 수습이 가능한 것이었다.

만약 중원수호맹이 패퇴했다면 이렇게 시신을 수습하는 건 불가능했다.

아마 번천회의 무인들처럼 싸늘히 식어 가며 짐승들의 먹이가 됐을 게 분명했다.

"물론 아직 끝난 건 아니지만."

"모조리 찾아내서 멱을 딸 거다. 거지의 집요함이 얼마나 무서운지 톡톡히 알려 줄 거다."

"이를 가는 건 개방만이 아니라고."

"좋은 일이지. 확실하게 찾아낼 수 있다니까. 특히 하오문과 흑점은 완전히 괴멸시켜야 해. 안 그러면 오늘과 같은 일이 또 벌어질 거야."

이춘상이 어울리지 않게 살기를 풀풀 풍기며 말했다.

완전히 뿌리 뽑는 건 불가능하겠지만 지금의 수뇌부를 날려 버리는 것 정도는 얼마든지 가능했다.

반드시 그래야만 했고 말이다.

"우선 해야 할 일부터 하자고."

"그래."

흥분을 가라앉히며 이춘상이 일을 거들었다.

몸은 빨리 쉬자고 비명을 내질렀지만 이춘상은 묵묵히 무당파를 비롯해서 다른 곳들을 도왔다.

사문이 같은 건 아니었으나 전우라고 할 수 있기에 고통을 참으며 함께 도왔다.

합동 위령제를 마치고서 유하성은 총단의 거처로 돌아왔다.

눈물바다였던 곳에 있어서 그런지 온몸이 슬픔에 절어 있던 느낌이 들었다.

"나다."

"들어오시죠."

자리에 앉기 무섭게 문 너머에서 익숙한 음성이 들려왔다.

바로 명천의 목소리였다.

이윽고 문이 열리며 눈시울이 붉어진 명천이 안으로 들어왔다.

"몸은 좀 어떠하냐?"

"그건 제가 여쭤봐야 할 것 같습니다만."

"말했지 않았느냐. 침 바르면 다 나을 정도라고."

"아직 붕대를 감고 계십니다만."

유하성이 실소를 흘렸다.

전신에 붕대를 감고 있는 사람이 할 말은 아니라고 생각해서였다.

하지만 명천은 뻔뻔했다.

"난 하기 싫은데 의원들이 억지로 감아 놓은 거야. 난 분명히 말했어. 안 해도 된다고."

"필요하니까 하지 않았을까요?"

"의원들은 쓸데없이 잔걱정이 많아."

"개인적으로 전문가의 소견은 따르는 게 좋다고 생각합니다만."

"내 몸은 내가 가장 잘 알아."

명천이 손을 휘저었다.

쓸데없이 고집을 부리는 모습에 유하성은 고개를 절레절

레 저었다.

어느 정도 동의는 하지만 치료와 회복에 있어서는 무인보다 의원이 훨씬 더 잘 안다고 생각해서였다.

"때로는 다른 사람의 의견을 듣는 것도 중요하다고 생각합니다."

"고집부리지 말라는 말이지?"

"예."

"어휴, 진짜. 내가 이제는 이런 대우를 받는구나."

눈치라고는 전혀 보지 않고 직설적으로 대답하는 유하성의 모습에 명천이 투덜거렸다.

그러나 그거 가지고 따지지는 않았다.

지은 죄도 있거니와 어째서 저렇게 말하는지 잘 알아서였다.

"번천회는 어떻게 됐습니까?"

"후개가 말 안 해 주더냐?"

"춘상이도 정신없는 상태이니까요. 개방주님께서도 내상이 심각하시다고 들었습니다."

"할망구도 이제는 예전의 몸뚱이가 아니니까. 매일같이 술을 그렇게 퍼붓는데 몸이 멀쩡하겠어? 예전이야 젊었다지만 지금은 아니니까. 비존이 괜히 간 게 아니지."

방금 전에 자신이 했던 말은 기억에서 지워진 모양인지 아무렇지 않은 얼굴로 혀를 차는 명천의 모습에 유하성은 그저 실소만 나왔다.

자기합리화가 너무 심한 거 같아서였다.

그런데 명천은 그런 유하성의 표정을 보지 못한 것인지 씁쓸하게 중얼거렸다.

"사백도 같은 연배이십니다만."

"난 다르지!"

제54장 전쟁 그 후

명천이 팔딱 뛰었다.

같은 배분이고 또래인 건 맞았으나 두 사람과 같은 취급은 사절이었다.

몸 관리는 물론이고 수준 역시 둘보다는 그가 우위에 있었으니까.

"제가 보기에는 비슷합니다만."

"전혀 달라! 완전 다르다!"

학을 떼듯 소리치는 명천의 모습에 유하성은 어쩔 수 없다는 듯이 고개를 끄덕였다.

여기서 더 아니라고 했다가는 아예 붕대를 풀어 버릴 기세였기에 유하성은 적당히 수긍하는 척을 했다.

"일단 알겠습니다."

"대답이 묘하게 거슬리는데."

"예민하셔서 그렇습니다. 피로가 제대로 풀리지 않으셨지 않습니까."

"그런 거겠지?"

"네."

입술을 비틀긴 했으나 명천은 못 이기는 척 넘어가 주었다.

이 화제로 더 대화를 나눠서 좋을 것도 없었고.

"번천회의 총단은 현재 텅 비어 있는 상태다. 퇴각과 동시에 그대로 내뺐어. 배신한 무문들과 가문들을 제물로 던져 버리고 숨어 버렸다. 녹림과 수채들은 뿔뿔이 흩어진 상태고."

"의외네요. 아직 십천 중 여섯 곳이 건재한데."

유하성이 눈을 살짝 크게 떴다.

분명 큰 피해를 입긴 했으나 그건 중원수호맹 역시 마찬가지였다.

그런 만큼 총단에서 전력을 추스른 후 다시 도전할 줄 알았는데 숨어 버리자 의외이기도 하면서 동시에 걱정도 되었다.

자고로 드러난 칼보다 보이지 않는 화살이 더 무서운 법이었다.

"정면승부로는 힘들다고 판단을 내린 거지. 숫자는 오히려 많지만 절대고수에서 밀리니까. 귀단문주와 일독문주, 철기방주가 이번 전투에서 죽었으니. 거기다 녹림십팔채와 천하수로채 역시 마찬가지고. 흑점주와 괴형문주가 남아 있다고 하나 그 둘로는 힘들지."

"하오문과 공공문은 아무래도 무게감이 떨어지는 게 사실이니까요."

유하성은 고개를 주억거렸다.

괜히 하오문주와 공공문주가 전투에서 모습을 안 드러낸 게 아니었다.

몸을 숨기고서 공격하는 게 더 효과적이기도 했지만 정확하게는 자신이 없어서였다.

중원수호맹의 절대고수들을 상대할 자신이.

"맞아. 영악하게도 번천회 역시 그걸 잘 아는 거지. 그래서 위험한 거고. 꼭꼭 숨어 있는 녀석들을 찾아내는 건 쉬운 일이 아니니까. 더욱이 하오문이 있으니."

"그래도 찾아내야지요."

"맞아. 후환거리를 남겨 두는 어리석은 짓을 할 수는 없지. 죄다 뿌리 뽑아야 해. 그래야 다음에 또 마음을 먹은 이들이 있을 때 한 번 더 고민할 테니까."

"어쨌든 전쟁이 일단락되기는 했네요. 확실하게 끝난 건 아니지만."

"큰 산 하나는 넘었다고 봐야지. 아직 안심할 단계는 아니지만. 새외무림도 있고."

번천회와의 전쟁에서 승리했지만 기뻐하기에는 일렀다.

아직 상당한 전력이 남아 있을뿐더러 중원을 호시탐탐 노리고 있는 새외무림도 생각해야 했다.

이기긴 했으나 중원수호맹의 피해 역시 상당했기에 이 틈을 노리고 새외무림에서 침략해 올 수도 있었다.

"일부러 시간을 끄는 것일 수도 있겠네요."

"총군사도 거기까지 생각하고 있더구나. 그래서 최대한 빨리 꼬리를 잡으려고 하는 중이고. 시간이 흐르면 더더욱 찾기 힘들어질 테니까."

"귀단문의 본거지를 찾는 게 관건이겠네요. 다 놓치더라도 귀단문만은 반드시 찾아야 하니."

"맞아. 폭정단과 폭혈단의 보급만 막아도 피해가 반으로 줄 게다."

벽력문의 화탄도 위협적이지만 범용성으로 따지자면 폭정단과 폭혈단을 따라갈 수가 없었다.

보관도 용이했고 말이다.

적어도 가지고 있다가 실수로 죽는 경우는 없었기에 진천뢰보다는 폭혈단과 폭정단이 훨씬 더 위험했다.

"안 그래도 개방에서 최우선적으로 귀단문을 찾고 있다. 현재 문주와 후계자가 모두 없는 상태이기도 하고. 멸문시키

무당패왕

기에는 가장 좋은 상황이지. 피해가 적지는 않겠지만. 그래서 나나 취선이 이 꼴을 하고도 총단에 있는 것이기도 하고."

"개방주님은 좀 어떠십니까?"

"내상단 먹고 요양 중이야. 나보다 내상이 심해서 최소한 보름은 요양을 해야 할 거 같아."

"예상했던 것보다 더 심각하시네요."

"이제는 나이가 있으니까. 회복력이 예전 같지 않지."

이번에도 자신은 다르다는 어조로 명천이 말했다.

유하성이 알기로 취선과는 동갑으로 알고 있었는데 말이다.

"위치만 알아내면 공격할 수 있는 방법은 많으니까요. 꼭 싸울 필요도 없고요."

"그래도 이왕이면 빨리 처리하는 게 낫지. 귀단문만 남은 것도 아니고. 숨어 있을 뿐이지 나머지 십천들의 전력은 크게 약화되지 않았어."

"확실히 상황 판단이 빨랐어요."

유하성은 선명하게 기억하고 있었다.

후방이라 할 수 있는 남쪽에서 해남검파와 보타문이 등장하자마자 하오문이 빠져나가는 광경을 말이다.

그리고 하오문이 움직이자 흑점도 고민하지 않고 퇴각했었다.

하지만 전투에 패배는 했어도 전쟁을 포기한 느낌은 절대 아니었다.

"판단력이 좋았어. 아마 우물쭈물했다면 절반도 전력을 보존하지 못했을 거야."

"맞습니다."

"넌 이제 돌아갈 게냐?"

"그게 낫지 않을까 생각하고 있습니다. 이곳에서 할 일은 얼추 다 한 것 같아서요."

"넘치게 했지."

명천이 흐뭇한 얼굴로 끄덕였다.

유하성의 활약은 두말하면 입이 아플 정도였기 때문이다.

비록 십천주 중에서는 그리 강한 축에 들지 못하는 총표파자였으나 엄연히 열 명의 천주 중 한 명이었다.

또한 천하십대고수 중 한 명인 곤륜파의 운중비존을 쓰러뜨린 이였는데 그런 무인을 유하성이 홀로 쓰러뜨렸다.

'벌써 이 정도까지 강해질 줄은 몰랐는데 말이지.'

명천의 입이 찢어졌다.

유하성의 잠재력에 대해서는 누구보다도 높게 평가했던 게 바로 그였다.

어쩌면 무당파의 오랜 숙원을 해결해 줄 이가 유하성일지도 모른다고 생각했으니까.

그러나 벌써 천하십대고수를 위협할 정도의 무인이 되리라고는 전혀 생각지 못했다.

물론 운중비존이 전성기가 한참 전에 지났고, 천하십대고 수 중 사존이며, 그중에서도 말석이라 해도 과언이 아니라고 하나 그래도 천하십대고수였다.

천하십대고수와 그렇지 않은 고수 간의 차이는 보이는 것보다 훨씬 컸다.

모든 이에게 제일 강한 열 명 중 한 명으로 인정받는다는 건 결코 쉬운 일이 아니었다.

'비존과 싸운 후였기에 총표파자가 지치긴 했겠지만 그렇다고 해도 폄하할 만한 일은 절대 아니지.'

냉정하게 말해 유하성이 천하십대고수급이라고 말하기는 힘들었다.

무인 간의 상성이라는 것도 있고, 공평하지 않은 상태에서의 대결이기도 했다.

하지만 중요한 건 비존을 죽인 총표파자를 잡았다는 것이고, 그 뒤로 괴물이라 칭해도 이상하지 않은 귀단문의 소문주 또한 쓰러뜨렸다는 것이었다.

귀단문의 소문주는 그가 보기에도 결코 총표파자에 비해 크게 뒤떨어지지 않았다.

'냉철하게 봐도 엇비슷한 수준이지. 경험을 생각하면 총표파자가 약간의 우위를 점하겠으나 그리 큰 차이는 아니다.'

총표파자와 귀단문의 소문주보다 강하기에 명천은 누구보다 확실하게 말할 수 있었다.

귀단문의 소문주가 결코 약한 무인이 아니라는 걸 말이다.

심지어 총표파자는 그가 직접 상대하기까지 한 무인이었다.

"그렇지만 피해가 없지는 않았지요."

"모두를 지키는 건 불가능하다. 그리고 누구에게 보호를 받기 위해 무공을 익힌 것도 아니고."

명천이 단호하게 말했다.

유하성의 마음을 모르는 건 아니나 피해 없는 승리는 없었고, 죽음 없는 전쟁도 없었다.

더욱이 누가 싸우라고 등을 민 것도 아니었다.

모두 스스로 싸우겠다고 결정하고 전장에 온 것이니만큼 유하성이 자책할 필요는 없었다.

"그렇긴 합니다만."

"스스로의 선택에 책임을 진 거다. 그리고 네가 아니었으면 더 많은 제자들이 죽었을 게다."

유하성은 대답 대신 고개를 주억거렸다.

자랑하려는 게 아니라 객관적인 현실이었다.

그가 총표파자와 귀단문의 소문주를 잡았기에 전황을 뒤집을 수 있었고, 그 결과 승리까지 가져왔다.

물론 통쾌한 완승은 아니었지만 말이다.

"네가 모든 걸 짊어질 필요도 없고."

"후회한다고 죽은 이들이 돌아오는 건 아니니까요."

"맞다. 그러니 남아 있는 제자들을 생각해. 혹은 앞으로 들어올 무당의 제자들이나. 아마 너를 찾아오는 이들이 엄청나게 많아질 거다. 제자로 받아 달라고. 너도 들었지? 지금 네 명성이 장난 아닌 거?"

"춘상이에게 대략적으로 듣긴 했습니다."

"패왕이라 불린다는 것도?"

유하성이 볼을 붉적였다.

패왕이라는 별호가 민망해서였다.

이번 전투에서 꽤 활약한 건 맞지만 패왕이라는 별호는 과분하다고 생각했다.

"과하다고 생각하느냐?"

"예."

"내 생각은 조금 다른데 말이다. 비존을 잡은 총표파자를 잡았는데 적어도 왕의 칭호는 받아야지. 그리고 조금의 바람도 들어 있을 거다. 죽은 천하십대고수들을 대신해 정도무림을 지켜 달라는."

"으음."

유하성의 표정이 어두워졌다.

사존 중 무려 셋이 이번 전투에서 죽어서였다.

십천주 중 다섯을 잡기는 했으나 그렇다고 중원수호맹의 피해가 적은 건 아니었다.

독제인 사천당가주는 아직도 의식을 잃은 상태이고 성승

역시 심각한 부상을 입어 요양 중이었다.

"난세에는 영웅이 탄생하는 법이지. 그 영웅이 이번에는 무당에서 나타난 것이고."

"영웅이라니요. 부담스럽습니다."

"그건 네 생각이고. 다른 이들의 생각은 다르지. 그리고 가장 중요한 게 세인들의 생각이기도 하고. 왕의 칭호는 달고 싶다고 해서 달 수 있는 게 아니다. 내게 붙은 무당검선처럼 말이지. 무당패왕이라. 아주 잘 어울려. 후후후!"

겸연쩍어하는 유하성과 달리 명천은 너털웃음을 흘렸다.

권패라는 별호도 나쁘지 않았지만 패왕이 훨씬 좋았다.

일단은 왕이 들어가지 않던가.

처음 얻은 별호인 파산권과 권패, 패왕을 나란히 적어 놓고 사람들에게 하나만 고르라고 하면 모두가 패왕을 고를 터였다.

"청정도문에는 좀 안 어울리지 않습니까?"

"왜? 한 명 정도는 있으면 좋지. 더구나 넌 진산제자도 아니고 속가제자인데. 너무 부드럽고 따뜻한 인상도 좋지 않아. 가끔 주제를 모르는 것들이 만만하게 보거든."

"그 부분은 부정하지 못하겠네요."

"개방의 후개도 이번에 꽤 무명이 올라갔던데."

"안 그래도 자랑하고 갔습니다."

유하성이 어깨를 으쓱거렸다.

武當霸主
무당
패왕

피곤한 와중에도 자기 자랑은 잊어 먹지 않는 인물이 이춘상이었다.

그래서 그에 관한 건 진즉에 들어서 알고 있었다.

"푸하하하! 그 녀석도 대단하단 말이지. 여러 가지 의미로 말이야. 조금 안쓰럽기도 하고. 나와 비슷한 삶을 살 것 같다고나 할까."

크게 웃다가 상처가 벌어진 모양인지 가슴을 부여잡으며 명천이 쓸쓸하게 말했다.

무당검선이라 불리며 중원무림을 대표하는 무인으로 꼽히지만 늘 그는 이 인자였다.

천하제일검이라는 별호는 얻었으나 천하제일인의 칭호는 언제나 성승 각현의 것이었다.

그래서 명천은 이춘상이 개방의 제자임에도 남같이 느껴지지 않았다.

"앞으로의 일은 모르는 겁니다."

"그렇지. 근데 넌 포기하거나 양보할 생각이 없잖아?"

"같이 노력할 생각입니다."

"어후."

명천은 입술을 비틀며 고개를 저었다.

저 말이나 자신이 한 말이나 크게 보면 다르지 않아서였다.

"무리하지 마시고 조심하세요, 사백."

"아직 이십 년은 거뜬하다. 걱정할 필요 없다. 귀단문주라면 모를까 나머지는 다 내 밑이야."

명천이 호언장담했다.

귀단문주 같은 무식한 괴물이라면 모를까 남은 십천주들 중에 그의 상대는 없었다.

"그래도 혹시 모르니까요. 생각지도 못한 강자가 느닷없이 나올 수도 있고, 협공할 수도 있으니."

"내 걱정은 하지 말고 무당산이나 잘 지키고 있어. 네가 와서 든든하기는 한데 무당산이 걱정되더라. 그러니 가서 책임지고 지켜. 애들도 잘 돌봐 주고."

"알겠습니다."

"그럼 난 간다."

낯간지러운 말은 성격에 안 맞는다는 듯이 명천은 자리에서 벌떡 일어나 방을 나섰다.

찾아왔을 때와 마찬가지로 바람같이 사라졌다.

떠났을 때와 달리 유하성은 많은 이들을 이끌고 무당산으로 돌아왔다.

복귀하는 김에 부상자들도 함께 데려왔던 것이다.

아직 전쟁이 확실하게 끝난 게 아니었기에 경상자들은 총단에 남았지만 장기 요양이 필요한 이들은 모두 데려왔다.

거기다 끝끝내 부모나 가족이 찾아오지 않은 아이들까지 데려왔기에 인원이 상당했다.

"저기가 무당산인가요?"

"맞아."

"우와!"

"엄청 크다!"

"난 무당산 처음 봐!"

유하성의 대답에 삼삼오오 모여서 따라오던 아이들이 웅성거렸다.

소문으로는 많이 들었어도 무당산을 본 건 처음이었기에 다들 놀라면서 감탄한 것이었다.

"앞으로 너희들이 지낼 곳이기도 하고."

"저희들이 있어도 괜찮을까요?"

"물론이지. 장문인께 허락받았어."

대부분은 무당산의 모습에 신기해했지만 나이가 좀 있거나 혹은 또래보다 조숙한 아이들은 마냥 기뻐하지만은 않았다.

인원이 한둘도 아니고 무려 이백 명이나 되었기에 걱정이 되었던 것이다.

아무리 무당파가 명문대파라고 하나 이백 명의 아이들을 먹이고 입히는 일은 결코 쉬운 일이 아니었다.

당장 재울 장소만 하더라도 쉽게 마련하지 못할 터였다.

"식비가 만만치 않을 텐데."

"최대한 자급자족해 볼게요!"

"농사는 못하지만 밭을 일구는 것 정도는 머리를 맞대면 할 수 있을 것 같기도 하고."

"안 되면 사냥이라도 해야지. 정식으로 배운 건 아니지만 아빠가 하는 걸 어깨너머로 본 게 있으니까."

걱정하면서도 아이들은 씩씩하게 의견을 교환했다.

세상에 공짜는 없다는 걸 누구보다 잘 알고 있어서였다.

물론 선의를 베푸는 곳이 없는 건 아니었으나 그것도 한두 번이었다.

그런 점에서 무당파는 너무나 존경스러웠고 감사했다.

자신들에게 아무것도 원하지 않고 거두어 주었으니까.

심지어 뭘 해야 한다고 시키지도 않았다.

"벌써부터 왜 그런 걸 걱정해. 너희들 나이 때는 그냥 놀면서 쑥쑥 자라기만 해도 충분해."

"암. 걱정은 우리 같은 어른들의 몫이지 너희들의 몫이 아니란다."

유하성과 나란히 걸어가던 이춘상이 히죽 웃으며 말했다.

조숙하다 못해 너무 빨리 철이 드는 것만큼 슬픈 것도 없어서였다.

아이들은 아이들다울 때가 가장 예쁘고 빛났다.

비록 개방이라는 문파 자체가 가진 게 없다지만 그래도 최대한 무당파와 함께 아이들을 지원할 생각이었다.

"그래도……."

"물론 고민은 해야지. 스스로의 미래에 대해서. 그건 누구도 대신 할 수 없는 거니까. 하지만 먹고, 자고, 입는 것에 대한 걱정은 하지 마. 그런 걸 걱정하면 내 마음이 아프니까. 아, 물론 그렇다고 마냥 놀기만 해서는 안 돼. 스스로의 일은 스스로 해결해야지?"

"네!"

아이들이 당연하다는 듯이 씩씩하게 대답했다.

자기 할 일은 물론이고 무당파에 도움이 되는 일은 무엇이든지 다 할 생각이었다.

"다 왔다. 저기가 무당파의 산문이야. 무당파의 입구이자 정문이라고 할 수 있지."

"그럼 해검지도 근처에 있겠네요?"

"물론이지. 너희들이 놓을 물건은 없겠지만."

말로만 듣던 해검지가 근처에 있다는 말에 아이들이 눈을 초롱초롱하게 빛냈다.

조숙한 척을 하긴 했어도 아이는 아이였다.

그러면서 이제는 친형제처럼 친해진 형, 누나, 동생 들과 손을 잡았다.

이제부터는 서로만 믿고 의지해야 했다.

"어서 오십시오, 사숙."

"고생하셨습니다!"

산문에 다가가자 익숙한 얼굴이 보였다.

바로 원상과 원호였다.

거기에 백현승과 곽두일도 환하게 웃으며 나란히 서 있었다.

유하성이 도착하는 시간에 맞춰 미리 와 있었던 것이다.

"다들 얼굴이 왜 그렇게 탔어?"

"하하하. 아이들 숙소를 같이 지었거든요. 인원이 적지 않다 보니 저희들도 지원해서 함께 지었습니다."

"고생했네."

"아닙니다. 고생이라니요."

원상이 손사래를 쳤다.

다른 이도 아니고 번천회에 부모를 잃고 이지도 잃은 채로 살인병기가 될 뻔했던 아이들이었다.

그런 아이들을 위한 일이었기에 힘들다는 생각 자체가 들지 않았다.

오히려 아무도 신경 쓰지 않던 아이들을 가장 먼저 유하성이 챙겼다는 사실에 원호는 존경심이 더욱 생겼다.

"다 지어졌다는 말은 들었는데, 바로 사용해도 되나?"

"예. 새벽부터 이대제자들과 함께 깨끗하게 청소해 두었습니다. 이불이랑 속옷, 간단하게 입을 옷들도 넉넉히 채워

무당
패왕

놓아서 방만 배정하면 됩니다."

"이인일실이라 답답하지는 않을 겁니다. 새로 지은 만큼 저희 이대제자들의 숙소보다 좋습니다."

원호가 원상에 이어 말했다.

은근히 자부심이 서려 있는 목소리로 말이다.

"그럼 가 볼까."

"모시겠습니다."

"가자꾸나."

원상이 앞장서는 것과 달리 원호는 빙그레 웃으며 아이들과 하나둘 눈을 맞췄다.

나름 어색한 분위기를 풀고자 먼저 인사한 것인데 서글서글한 인상의 원상과 달리 이목구비가 조금 강렬해서 그런지 아이들이 전부 다 억지 미소를 지었다.

먼저 다가와 주는 건 고마웠지만 낯선 것 역시 사실이어서였다.

"물러나, 물러나. 애들 경기 일으키잖아?"

"내 인상이 좀 센가?"

"알면서 왜 물어?"

원상이 헛웃음을 흘렸다.

알면서 묻는 게 이해되지 않아서였다.

그런데 의외로 원호는 툭툭 쏘아 대는 원상의 말을 맞받아치기보다는 어깨를 축 늘어뜨렸다.

"최대한 부드러운 미소를 지었는데."

"그건 네 생각이고."

"많이 이상했나?"

"응."

원상은 솔직하게 말해 주었다.

맹수가 웃는다고 해서 친근한 느낌은 들지 않았다.

오히려 더욱 섬뜩하기만 했지.

"그만 가자."

"예."

풀이 죽은 원호의 어깨를 다독여 주며 유하성이 발걸음을 옮겼다.

마차와 수레를 타고 이동했다고 하나 아직 어린 아이들이 었다.

여독이 남아 있을 게 분명하기에 우선은 방 배정부터 해 줘야 했다.

그래야 아이들도 짐을 풀고 적응을 할 테니까.

"어떻습니까?"

아이들을 위해 지은 숙소는 연구동에서 가까웠다.

무당파가 책임지기로 했으나 엄밀히 말하자면 아이들은 무당파 소속이 아니었다.

인연이 닿는 아이들도 있을 수는 있겠으나 현재는 엄연히 외부인이었다.

武當霸王
무당
패왕

그렇기에 위치를 이곳에 잡은 듯했다.

"깔끔하네."

"외관보다는 내부에 신경을 썼습니다. 다 같이 지낼 숙소
인데 굳이 멋있을 필요는 없다고 생각해서요."

"맞아. 얼마나 사용할지도 모르고."

실용적인 부분을 강조한 외관이었으나 유하성은 오히려
그 점이 마음에 들었다.

시간이 흐르고 언젠가는 아이들이 떠날 것이었다.

그렇게 되면 사용자가 없어지는 만큼 굳이 공을 크게 들일
필요는 없었다.

다른 용도로 활용하게 된다면 그때 손을 봐도 되는 일이었
고.

"우와."

"엄청 높다."

"우리가 다 한 건물에서 지낼 수 있겠는데?"

무려 칠 층이나 되는 목조건물의 모습에 아이들이 두 눈을
휘둥그레 떴다.

급히 지은 것치고는 상당히 튼튼하게 잘 지은 것 같아서였
다.

일단 모두 한 건물에서 함께 지낼 수 있다는 게 아이들은
가장 마음에 들었다.

"식당도 안에 함께 있습니다. 일 층의 반은 식당입니다.

나머지 반은 창고이고요. 방은 이 층부터 있습니다."

"생각했던 것보다 더 좋은데? 어설픈 솜씨가 아냐."

"금와장에서 목수들을 구해 주었습니다."

"역시 전문가의 손길이 느껴진다 했어."

원호와 백현승, 곽두일이 아이들에게 방을 안내하며 배정해 줄 때 이춘상은 1층을 둘러보며 고개를 주억거렸다.

솔직하게 산속에서 수련만 하는 도인들이 만들었다고는 보기 힘든 수준이었다.

물론 하려고 한다면야 못 할 것도 없지만 보수하는 것과 건축은 완전히 달랐다.

그래서 내심 의아하다고 생각했는데 금와장이 지원해 주었다고 하자 이춘상은 납득이 되었다.

"제갈세가에서도 전문가가 왔습니다."

"호오."

이어지는 원상의 말에 이춘상이 눈꼬리를 씰룩거렸다.

음흉하기 짝이 없는 눈으로 유하성을 쳐다보며 알 수 없는 미소를 지었던 것이다.

"왜 그렇게 쳐다봐?"

"에이. 다 알고 있으면서."

"무슨 말인지 모르겠네."

"역시 패왕이야. 아주 여자가 줄을 서네, 서! 총단에서도 엄청난 관심을 받더니만."

"그랬습니까?"

원상이 슬그머니 물었다.

새로운 별호를 얻은 건 알았지만 이런 말은 금시초문이어서였다.

"응. 어마어마했지. 아주 그냥 대놓고 추파를 날리더라고. 눈빛이 마치 '날 마음대로 잡아 드세요!'였어."

"허어."

원상이 눈을 반짝거렸다.

말로만 들어도 상황이 머릿속에 그려져서였다.

"근데 이 녀석은 관심이 없더라고. 괜찮은 처자가 보이면 차라도 한잔해도 되는데."

"시간 낭비야."

"남녀 사이에 시간 낭비가 어디 있어?"

"너도 만만치 않던데?"

"난 원래 외모가 뛰어나서 뭇 여인들이 나로 인해 밤잠을 제대로 자지 못했어."

유하성은 물론이고 원상이 콧김을 내뿜었다.

극성에 이른 자화자찬에 헛웃음이 나온 것이었다.

이런 게 처음도 아닌데 이상하게 적응이 되지 않았다.

"식재료는 어때? 부족하진 않나? 숙수도 늘려야 할 것 같은데."

"준비는 다 되어 있습니다. 금청당에서 넉넉히 지원해 주기도 했고요."

"무송 사형께서?"

"예. 식비나 입는 것은 걱정하지 말라고 전해 달라고 하셨습니다. 아이들을 지원해도 재정적으로 여유가 있다고요. 저는 무슨 말인지 모르겠습니다만 이렇게 된 데에는 사숙님의 덕도 있다고 하셨습니다."

"아."

유하성은 고개를 주억거렸다.

무슨 뜻인지 단박에 알아들을 수 있어서였다.

그러나 말을 전달한 원상은 물론이고 이춘상은 고개를 갸웃거렸다.

"근데 육류를 주기적으로 구해 와야 하지 않겠어? 애들 한창 먹을 때인데. 도사들이야 육식을 금한다지만 아이들은 아니잖아. 풀뿌리만 먹일 수는 없지. 부족하면 사냥해서라도 먹을걸?"

"당분간은 균현의 저잣거리에서 사 올 생각입니다. 대량으로 사육장을 만드는 건 힘들지만 닭장 정도는 고려하고 있는 것으로 알고 있습니다."

"닭 좋지. 계란도 활용도가 높고. 만약 부족하면 나한테 말해. 거지라 돈은 지원하지 못해도 사냥 정도는 충분히 할 수 있으니까. 사부님께서도 그쪽으로 알아보라고 하셨고."

이춘상이 두 팔을 걷어붙였다.

돈은 없지만 대신 그에게는 튼튼한 두 다리와 두 팔이 있었다.

더불어 산짐승을 잡는 데에는 이골이 나 있기도 했고.

"부족해지면 부탁드리겠습니다."

"말만 해. 난 언제든 준비가 되어 있으니까."

원상을 보며 이춘상이 히죽 웃었다.

더욱 탄탄해진 팔뚝을 보여 주면서 말이다.

"닭장이 제일 무난하네. 야생 토끼를 몇 마리 잡아 와서 길러도 되고."

"이참에 꿩도 같이 키워도 될 듯? 멧돼지도 몇 마리 잡고. 멧돼지는 사나워서 주기적으로 잡을 필요도 있고. 숙소가 좀 외진 곳에 있으니까."

무공을 익힌 무인들에게 멧돼지는 그냥 산짐승일 뿐이지만 앞으로 이곳에 머물 아이들은 달랐다.

맹수 못지않게 위험한 동물이 멧돼지였기에 주변을 정리할 필요가 있었다.

더불어 늑대나 호랑이의 위치도 어느 정도는 파악해 두어야 했다.

"그래도 되고."

"할 일이 많네."

말과 달리 이춘상의 얼굴에는 귀찮은 기색이 전혀 없었다.

오히려 평소보다 더욱 의욕적이었다.

유하성 역시 주변을 다시 한번 찬찬히 살펴보고 있었고.

이춘상이 하는 걱정을 그 역시 했던 것이다.

"다른 곳으로 간 아이들이 잘 도착했는지도 확인해 줘."

"이미 알아보라고 시켰다. 저녁쯤에는 알 수 있을 거야."

"고맙다."

"고맙기는. 아이들을 위한 일인데 당연한 거지."

이춘상의 눈동자에 씁쓸함이 떠올랐다.

어른의 욕심 때문에 아무 죄도 없는 아이들이 휩쓸린 것 같아서였다.

그래서 이춘상은 더더욱 번천회를 용서할 수 없었다.

중원 끝까지, 아니 새외무림으로 간다고 해도 끝까지 추격할 생각이었다.

방을 밝히던 불이 하나둘 꺼지고 아이들이 모두 새로운 보금자리에서 잠이 든 것을 확인한 유하성이 창가에서 몸을 돌렸다.

그러자 뜨끈한 차를 들이켜고 있는 이춘상의 모습이 보였다.

"불은 꺼졌어도 잠든 아이들은 얼마 없을걸? 새로운 장소라 설레기도 할 테고."

"그래도 잘 자는 애는 잘 잘걸."

"그거야 그렇지."

"알아본 건 어떻게 됐어?"

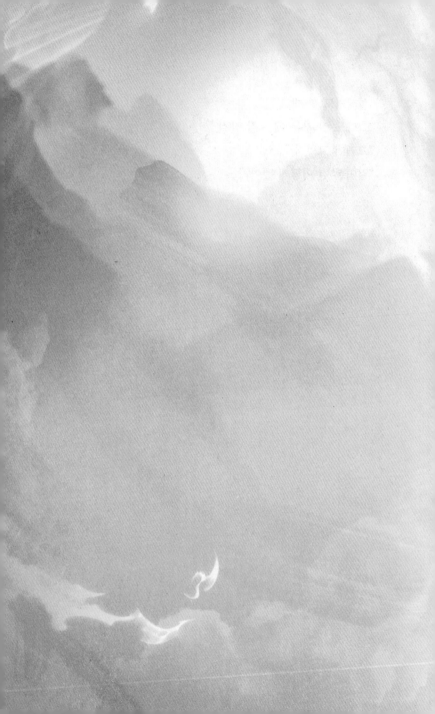

제55장 명문이라는 이름

의자를 빼서 앉으며 유하성이 물었다.

그러자 차를 홀짝이던 이춘상이 복잡한 표정을 지었다.

"심증은 있는데 물증이 없어."

"무언가 있는 건 사실이란 말이지?"

"응. 사실 너무 절묘했잖아? 아무리 하오문의 정보력이 대단하다고 하나, 내가 너랑 같이 있었는데. 이건 말이 안 되지. 게다가 한 번도 아니고 두 번씩이나."

차호를 들어 찻잔에 차를 따르며 유하성이 고개를 주억거렸다.

한 번은 그럴 수 있었다.

우연히 마주치기도 하는 게 인생이니까.

하지만 두 번은 절대 우연이라고 할 수 없었다.

"저쪽은 모르지?"

"당연히 모르지. 이번 일에 대해서 조사하는 인원은 정말 적어. 그리고 정말 믿을 수 있는 이들만 추렸고. 이 일에 대해서는 사부님도 모르니까."

"그런데도 물증이 없다는 건 저쪽도 조심한다는 뜻이겠지."

"맞아."

"그럼 조급해하지 말고 우리도 천천히 가자."

이춘상이 눈을 동그랗게 떴다.

지금 이게 무슨 소리인가 싶어서였다.

"이미 두 번을 했어. 그렇다면 언젠가는 세 번째도 시도하지 않겠어?"

"흐음. 기다리잔 말이지."

"그래."

"이대로 아예 묻어 버릴 수도 있어. 그럼 지금까지 했던 노력은 모두 날아가는 거야."

"그렇다고 계속 매달리고 있을 수도 없잖아?"

유하성의 반문에 이춘상이 입맛을 다셨다.

그의 말마따나 언제까지 뒷조사만 하고 있을 수는 없었다.

시간이 길어질수록 이쪽의 꼬리를 잡을 가능성도 있었고.

"네 말은 일단 거리를 두고 주시하자는 거지?"

"응. 이만큼 했는데도 찾아낸 게 없다면 그만큼 확실하게 숨겼다는 뜻이니까. 오히려 역으로 꼬리를 밟힐 수도 있고."

"자존심 상하네."

"그렇게 생각하지 말고, 여유롭게 기다린다고 생각해. 낚시처럼."

"기다림의 미학이라."

납득은 했으나 만족한 표정은 아니었다.

그러나 반대하지도 않았다.

유하성의 말도 일리가 있어서였다.

"기다리면 기회는 올 거야. 나 역시 당한 걸 잊는 성격은 아니니까."

"암. 그렇고말고. 너 뒤끝 있는 건 내가 가장 잘 알지."

이춘상이 키득거렸다.

명분만 있다면 누구보다 잔인해질 수 있는 게 유하성이었다.

하지만 그게 이춘상은 나쁘다고 생각하지 않았다.

단호함은 무인에게 있어 필수 덕목이었다.

"뒤끝이라니."

"틀린 말은 아니잖아?"

"그렇긴 해."

"나도 마찬가지고. 사람 중에 뒤끝 없는 사람이 어디 있어? 십인십색이라지만 어떻게 보면 다 비슷비슷한 게 또 사람이니까."

개인적으로 이춘상은 우유부단한 것보다는 차라리 단호한 게 낫다고 생각했다.

거기서 더 나아가 잔인함이 되면 문제가 되겠지만 그나 유하성이나 그 정도까지는 아니었다.

오히려 자신의 사람들을 지키기 위해 단호해지는 부류였다.

후환을 남겨 둘 바에는 잔인해지는 쪽을 선택한다고나 할까.

"다른 아이들은 어떻게 됐어? 잘 도착했대?"

"도착한 곳도 있고, 거의 다 당도한 곳도 있고. 내일이면 대부분 도착할 거 같아."

"별일은 없는 모양이네."

"부상자들이 많다고 하지만 호위 병력이 아예 없는 건 아니니까. 우리보다 거리가 더 멀기도 하고."

걱정할 거 없다는 듯이 이춘상이 어깨를 으쓱거렸다.

그러고는 어느새 식어 있는 차를 들이켰다.

점차 쌀쌀해지는 날씨 때문인지 차가 금방 식었다.

"혹시라도 뒤늦게 가족이 찾아올 수도 있으니까 그것도 신경 써 달라고 전해 줘. 아니, 내가 전서구를 보내야겠다. 너에게 너무 부탁하는 것 같아. 가뜩이나 신경 쓸 것도 많은데."

"괜찮아. 이게 뭐 부탁이라고. 당연히 해야 할 일인데. 너도 너 나름대로 바쁜 거 다 안다. 그리고 이런 일은 개방이 훨씬 더 빨라."

이상한 부탁도 아니고 아이들에 대한 일이었다.

그렇기에 이춘상은 전혀 부담스럽지 않다는 듯이 말했다.

"고맙다."

"그럼 오랜만에 내일 대련이나 한번 해 줘. 제대로."

"알았어. 전력으로 해 주마."

"······꼭 전력으로 해 줄 필요는 없고. 적당히, 적당히."

이춘상이 슬쩍 말을 이었다.

아직은 전력을 다하는 유하성을 감당할 자신이 없어서였다.

그래서 이춘상은 어색하게 웃었다.

이른 아침부터 숙소 앞은 부산스러웠다.

첫날밤을 무사히 보낸 아이들이 할 일을 찾아 바삐 움직여서였다.

그리고 한쪽에서는 망치와 도끼를 이용해 닭장을 만들고 있었다.

"곧 겨울이니까 금방 재배해서 먹을 수 있는 걸 심자."

"겨울에 자라는 작물 없나? 아는 사람 없어?"

삼삼오오 모인 아이들이 열띤 토론을 벌였다.

무당파에서 지원을 해 준다고 하지만 그래도 어느 정도는 자급자족을 할 필요가 있었다.

더 나아가 무당파에 도움이 되어야 했기에 누구도 게으름을 피우지 않았다.

여자아이들도 모여서 빨래나 청소를 시작했다.

"다들 일찍 일어났네?"

"현승이 형!"

"오빠!"

그런 아이들에게 백현승이 곽두일과 함께 다가왔다.

만난 지 이제 하루밖에 안 되었음에도 꽤나 친근하게 말이다.

"텃밭을 만들게?"

"네!"

"어느 정도나?"

"어, 숙소 정도는 되어야 저희 먹는 양이 감당되지 않을까요?"

"곧 겨울인데?"

백현승이 고개를 갸웃거렸다.

뭐라도 해야 한다는 압박감에 시달리고 있다는 걸 백현승도 잘 알았다.

다들 웃고 있어도 마음은 그렇지 않다는 것도.

하지만 자연을 거스를 수 있는 방법은 없었다.

"미리 준비해서 나쁠 건 없으니까요. 찾아보면 겨울에 자라는 작물도 있을 테고요."

"그렇긴 하지."

"감사한 만큼 더는 폐를 끼치고 싶지 않아서요."

"으이그."

백현승이 아이들의 머리를 헝클어뜨렸다.

아이들의 마음은 알지만 무당파를 걱정할 필요는 없었다.

작은 동네 무관도 아니고 중원의 정도무림을 떠받치는 기둥 중 하나가 무당파였다.

구대문파라 불리는 곳이며 그중에서도 두 번째 자리를 당당히 차지하고 있는 곳이 무당파이기에 아이들의 걱정은 정말 쓸모없는 걱정이었다.

"아, 형!"

"나이 차이도 별로 안 나는데!"

"어허! 나이 차이는 얼마 안 나도 너희들과는 완전히 다른 삶을 살아온 게 나다. 같은 취급은 안 되지."

어린아이 취급은 싫다는 듯이 소리를 지르며 머리를 내빼는 모습에 백현승이 히죽 웃었다.

아이들의 말대로 나이 차이는 얼마 나지 않았지만 살아온 삶이 완전히 달랐다.

여기 있는 아이들도 나름 치열하게 살아왔겠지만 그에 비할 바는 아니었다.

"뭐, 형은 무공도 있었으니까요."

남자아이들이 부러운 기색을 애써 감추며 대답했다.

그러면서 몇몇은 연구동 앞에서 기본기를 수련하고 있는 무당파의 제자들을 힐끔거렸다.

별거 아닌 단순하기 그지없는 동작들의 반복인데 이상하게 아이들은 눈을 떼지 못했다.

이번 일을 겪으면서 힘의 필요성을 너무나 처절하게 느꼈기에 다들 차마 말은 하지 못했으나 마음은 모두 똑같았다.

"무공을 배우고 싶어?"

"예?! 아뇨!"

"이렇게 보살펴 주시는 것만으로도 큰 은혜를 받고 있는데 무공이라니요!"

슬쩍 묻는 백현승의 말에 아이들이 펄쩍 뛰었다.

언감생심이라는 듯이 다들 손사래를 쳤던 것이다.

하지만 백현승과 곽두일의 눈에는 보였다.

강해지고 싶어 하는 열망이 말이다.

"기본공 정도는 알려 줄 수 있어. 운기토납법이라고 들어는 봤지?"

"네에."

"시전에서 파는 삼류무공서보다는 훨씬 나을 거야. 기본공 중의 기본공이라 안전하기도 하고. 내공심법이라고 하기에는 힘든 수준이지만 꾸준히 연공하면 평생 동안 잔병치레는 하지 않을 거야."

"어, 저희는 오빠에게 드릴 게……."

열 살 남짓으로 보이는 여자아이가 두 손을 모아 꼼지락거렸다.

무공이라고 하기에는 애매한 수준의 운기토납법이라고 하지만 안정성이 확실한 만큼 구하고 싶다고 해서 쉽게 구할 수 있는 게 아닐 터였다.

때문에 다들 우물쭈물했다.

"내가 너희한테 뭘 받아야 할 정도로 형편이 어렵지는 않아. 그리고 대단한 것도 아닌데 무슨 대가야. 이건 너희들이 건강했으면 해서 가르쳐 주는 거야. 그렇게 대단한 것도 아니고. 막 검기를 뿌리고 초상비를 펼칠 수 있을 거라 생각하는 건 아니지?"

"에이. 저희도 그 정도는 알아요."

"그러니까 부담 가지지 말라고. 막상 배워도 꾸준히 수련하는 건 다른 문제니까. 계속 반복하는 게 절대 쉬운 일이 아니거든. 그리고 그 전에 너희들이 먼저 수행해야 하는 것도 있고."

"수행이요?"

아이들이 두 눈을 동그랗게 떴다.

그런 아이들의 모습에 백현승이 장난스럽게 웃었다.

"글을 알아야지? 너희들이 나중에 어떤 일을 하게 될지는 모르지만 그래도 글을 배워 두면 분명히 쓸모가 있을 거야."

"배울래요!"

"저도요!"

먹고살기 바쁜 게 현실이었기에 실제로 글을 제대로 아는 아이들은 없었다.

까막눈까지는 아니더라도 자기 이름과 자주 쓰는 몇 가지 단어를 아는 정도가 대부분이었다.

그래서 백현승은 운기토납법을 가르치면서 글도 함께 가르칠 생각이었다.

대청표국을 재건하기 위해서 사람이 필요한 건 사실이지만 그렇다고 백현승은 아무나 거둘 마음은 없었다.

'서로 확인할 시간이 필요한 법이지.'

어중간한 관계가 얼마나 위험한지 백현승은 이번 번천회의 사태로 간접적으로나마 느꼈다.

그렇기에 백현승은 확실한 관계를 원했다.

하지만 그런 확실한 관계는 단기적으로 얻기 힘들었다.

그래서 백현승은 찬찬히 지켜보며 결정할 생각이었다.

'개인적으로 도와주고 싶기도 하고.'

어떻게 보면 그 역시 아이들과 비슷한 입장이었다.

때문에 아이들의 심정을 누구보다 잘 알았다.

자신은 곽두일이라도 있지만 아이들은 아니었기에 백현승은 할 수 있는 것들은 전부 해 줄 생각이었다.

그게 윗사람으로서 할 도리라고 생각했다.

'명문이 괜히 명문이라 불리는 게 아니니까.'

유하성을 보며 백현승은 정말 많은 걸 배웠다.

진짜 어른이라는 게 무엇인지 배웠다고나 할까.

거기다 무당파 역시 명문다운 모습을 보여 주었기에 백현승은 자신이 무당파의 속가문파 출신이라는 데 자부심을 느꼈다.

더불어 받은 만큼 다른 이들에게도 돌려주고 싶었다.

"그럼 바로 시작할까?"

"지금요?"

"응. 아이들 좀 모아 줄래?"

"네!"

쇠뿔도 단김에 빼랬다고 백현승은 바로 시작할 생각이었다.

물론 아이들에게 글을 가르치면 그만큼 개인 수련 시간이 부족해지지만 그래도 후회는 없었다.

모자란 수련은 잠을 줄여서 하면 되었다.

"제가 하는 게 낫지 않겠습니까?"

"친해지는 시간이 필요하니까요. 저는 지시만 내리는 사람보다는 함께하는 사람이 되고 싶어요."

"허허허."

지금껏 잠자코 있던 곽두일이 조심스럽게 입을 열었다가 이내 흐뭇한 웃음을 흘렸다.

짧은 시간에 정말 많이 성장한 것 같아서였다.

육체뿐만 아니라 정신적으로도 말이다.

그래서인지 곽두일은 문득 백기륭이 떠올랐다.

'이 모습을 보셨다면 정말 좋아하셨을 텐데.'

곽두일의 눈동자가 아련해졌다.

만약 백기륭이 살아 있었다면 이 모습을 보고 기뻐했을 게 너무도 훤해서였다.

그러나 백기륭은 더 이상 이승에 없었다.

곽두일은 그게 너무나 아쉬웠다.

모두가 잠든 늦은 밤에 백현승은 조심스럽게 유하성의 거처를 찾았다.

혼자 찾아오라는 말에 조용히 방문했던 것이다.

똑똑똑.

"저예요, 형님."

"들어와."

"넵."

문 너머에서 들려오는 유하성의 목소리에 백현승이 조심스럽게 방문을 열었다.

그러자 그윽한 차향이 가장 먼저 맡아졌다.

맡는 순간 무당산이 절로 떠오르는 차향에 백현승은 자기도 모르게 미소를 지었다.

"왜 웃어?"

"이제는 무당산이 제 두 번째 고향이 된 거 같아서요."

"실없기는."

"근데 이 시간에 무슨 일로 절 부르신 거예요?"

"할 말이 있어서."

자리에 앉으며 백현승이 눈을 동그랗게 떴다.

둘이서 따로 할 말이 있을 게 있나 싶어서였다.

동시에 백현승은 곰곰이 과거를 곱씹었다.

혹시 혼날 일이 있나 생각해 보았던 것이다.

"할 말이요?"

"잔소리할 거 아니니까 걱정하지 말고."

"하하하. 전 절대 형님을 그렇게 생각하지 않습니다!"

"근데 목소리는 왜 커져?"

"흡!"

백현승이 황급히 입을 막았다.

그러나 당혹성은 이미 입 밖으로 흘러나온 상태였다.

"날 그렇게 생각했단 말이지?"

"절대 그렇지 않습니다. 제가 얼마나 형님을 존경하는데요. 이제는 패왕으로 불리시는 분이지 않습니까? 헤헤헤."

백현승이 헤벌쭉 웃으며 양손을 비볐다.

나름 순진무구한 미소를 지으려고 한 것 같은데 유하성에게는 그저 얍삽하게만 보였다.

"표정과 행동이 너무 따로 노는데."

"헉!"

"어째 아부만 는 것 같다."

"그럴 리가요. 무공도 많이 늘었습니다! 형님께서 중원수호맹 총단에 가 계신 동안 곽 표두님과 정말 열심히 수련했습니다! 원호 진인에게 진짜 많이 맞았어요……."

뒤로 갈수록 목소리가 점점 작아졌다.

원호에게 두들겨 맞은 기억이 새록새록 떠오른 모양이었다.

하지만 유하성에게는 배부른 투정으로만 보였다.

원호 정도 되는 고수와 대련을 할 수 있다는 건, 가르침을 받을 수 있다는 건 백현승에게 있어 천금과도 같은 기회였다.

"그래서 싫어?"

"아뇨. 얼마나 좋은 기회인지 저도 알거든요. 곽 표두님도 저 연세에 기를 쓰고 악착같이 수련하는데 저는 더 열심히 해야죠. 근데 고통스러운 건 사실이니까요."

"포기하고 싶으면 포기해도 돼. 포기하는 것도 한 가지 방법이니까."

"아뇨. 그냥 힘들다고 투정 좀 한 거예요. 헤헤!"

백현승이 언제 시무룩했냐는 듯이 환하게 웃었다.

힘든 건 사실이지만 그렇다고 포기할 마음은 눈곱만큼도 없었다.

대청표국을 재건하겠다는 목표는 조금도 닳지 않았다.

죽을 만큼 했는데 안 된다면 모를까 그가 먼저 포기하는 일은 없을 것이었다.

"쉬운 길은 아니지."

"그러니까요. 죽을 때까지는 계속 시도할 거예요. 원하는 목표를 이룰 거라 장담할 수는 없지만 그만큼 하면 저 스스로 납득은 할 거 같아요. 적어도 후회는 하지 않겠죠."

"많이 컸어."

"키가 많이 자라긴 했죠. 잘 먹고 있기도 하고요."

"아이들은 어때? 보아하니 잘 녹아든 거 같은데."

야심한 시각인 만큼 날씨가 많이 쌀쌀했다.

창문을 닫았다고 하나 찬 바람이 은은히 들어왔기에 유하성은 백현승에게 차를 따라 주었다.

"아무래도 처지가 비슷하니까요. 제가 이런 말을 할 자격은 없지만."

"비슷하기는 하지. 재산을 제외하면."

"그래서 아이들 앞에서는 말조심하고 있어요. 괜히 상대적 박탈감을 느낄까 봐서요. 자랑하고 싶은 마음도 없고. 사실 제 것도 아니고요. 대청표국의 것을 제가 잠시 맡아 둔 것뿐이죠. 재건할 때 사용해야 하는 돈이기도 하고."

"철들었어."

"많은 일을 겪었으니까요. 시간은 모두에게 공평하지만 똑같이 흐르는 건 아니니까요."

백현승이 제법 어른스럽게 말했다.

무공뿐만 아니라 삶에 대해서도 꽤나 진지하게 고민한 듯했다.

"급격하게 달라져서 적응이 안 되는데."

"에이. 그래도 저는 저죠. 사람은 쉽게 안 바뀌니까요. 그런데 하실 말씀이 무언가요?"

"이제는 슬슬 전수해 줘도 될 것 같아서. 내가 원하는 수준까지 기본기가 다져진 것 같아서 말이지."

"전수요?"

백현승이 두 눈을 끔뻑거렸다.

갑자기 전수를 해 준다고 하자 이게 무슨 말인가 싶어서였다.

그 모습에 유하성은 옅게 웃으며 말을 이었다.

"진무 태극검."

"허업! 서, 설마!"

백현승의 동공이 더 이상 확대되기 힘들 정도로 커졌다.

진무 태극검이란 이름은 생소했지만 본능적으로 알았다.

유하성의 진무 태극권을 변형시켰거나 혹은 개량시킨 것임을 말이다.

그렇기에 백현승은 어안이 벙벙한 표정을 지었다.

"네가 생각하는 게 맞아. 진무 태극검은 내가 만든 진무 태극권을 검법으로 바꾼 무공이다. 기본 틀은 본 파의 태극검과 같지만 위력은 훨씬 더 뛰어나지."

"그걸 제게 전수해 주시겠다고요?"

백현승이 마른침을 삼켰다.

진무 태극권의 위력은 누구보다 그가 가장 잘 알았다.

태극권에서 나왔지만 훨씬 더 강력하고 수준이 높았다.

복건성을 호령하던 군룡도문의 문주조차 가볍게 제압할 정도로 말이다.

"그래. 사백님과 장문사형께는 이미 허락을 받았다. 엄밀히 말하면 내가 창안한 무공이기도 하니까. 그런데 조건이 있어. 내가 만든 무공이지만 뿌리는 무당파의 태극권이지. 그래서 너에게 전수는 해 주지만 딱 네 직계혈족에게만 허락할 거야."

"그 정도만 해도 어마어마한데요."

"뭐가 어마어마해. 아직 익히지도 않았으면서."

"진무 태극권은 제가 봤잖아요. 태극권하고는 완전 격이 다른데. 진무 태극검도 마찬가지겠죠."

백현승이 잔뜩 기대하는 표정을 지었다.

생각지도 못한 선물을 받은 느낌이라고나 할까.

아니, 정확하게는 기연을 만난 느낌이었다.

"직계혈족이지만 사백께서는 대청표국의 후계자만 익혔으면 하시더라고."

"그럴 수 있죠. 다른 무공도 아니고 형님께서 창안하신 무공인데요. 무당파의 웬만한 무공은 그냥 씹어 먹잖아요. 당장 진무 태극권만 하더라도 무당파의 권장지각 중 면장과 십단금을 빼면 비교할 무공이 없는데."

"그건 아니고. 다른 무공들도 다 뛰어나. 제대로 익히거나 대성한 사람이 없어서 그렇지."

유하성이 단호하게 고개를 저었다.

일반적으로 저렇게 생각하는 이들이 많지만 유하성의 생각은 달랐다.

무공도 중요하지만 그보다 더 중요한 건 그 무공을 익히는 사람이었다.

그걸 증명한 게 유하성 본인이기도 했고.

"하긴. 형님이 익히셨다면 또 달랐겠죠."

"너무 기뻐하진 말고. 너에게 전수할 건 진무 태극검뿐이니까. 나머지는 네 스스로 해야 해."

"저는 진무 태극검 하나만으로도 만족합니다. 오히려 감

武當霸王
무당패왕

사한걸요. 솔직히 무공은 생각지도 않았는데."

백현승이 감격한 표정을 지었다.

이렇게 구해 주고, 수련을 도와주는 것만으로도 유하성에게는 과한 은혜를 받고 있었다.

한데 거기에 진무 태극검까지 주겠다고 하자 백현승은 뭐라 말해야 할지 감이 잡히지 않았다.

형언할 수 없는 심정이라고나 할까.

"넌 자격이 있어. 사백님도 같은 생각이고. 그리고 여기서 만족하면 안 돼."

"가문의 무공과 함께 잘 연구해 볼게요. 시간이 꽤 오래 걸리겠지만, 해 보겠습니다!"

"그래. 그 마음가짐이면 됐어."

"지금부터 시작하는 건가요?"

기합이 바짝 들어간 목소리로 백현승이 물었다.

늦은 시간이었지만 백현승은 지금 당장도 괜찮았다.

어차피 아이들을 돌봐 준다고 오늘 해야 할 수련량을 못 채우기도 했고.

"당연히 지금부터 시작해야지. 늦은 시간이지만 또 어떻게 보면 가장 조용한 시간이기도 하니까. 다른 사람들의 시선을 걱정할 필요도 없고."

"정말 감사합니다, 형님. 매번 이렇게 받기만 해서 죄송하기도 하고요."

"대청표국이 쌓아 온 공덕을 네가 받는다고 생각해. 너와 곽 표두님은 그럴 자격이 충분하니까."

백현승의 눈가가 촉촉해졌다.

공덕이라고 하니 아버지와 할아버지, 그리고 죽은 대청표국의 식솔들이 떠올라서였다.

절대 잊지 않기 위해 매일 밤 잠들기 전에 모두 다 한 번씩 떠올리고 있는데 백현승은 알았다.

시간이 흐를수록 점차 기억이 마모될 것임을 말이다.

"그래도 감사합니다. 이렇게 생각해 주셔서요."

"너는 사부님의 하나뿐인 혈족이니까 당연한 거야. 오히려 신경 써 주지 못해서 미안하지."

진심 어린 어조로 유하성이 말했다.

쓸쓸함이 가득 담긴 목소리에는 죄책감이 가득 담겨 있었으나 백현승은 고개를 저었다.

대청표국의 멸문은 유하성이 어떻게 할 수 있는 일이 아니었다.

신이 아닌 이상 모두를 지킬 수는 없었다.

"저는 과분하게 받고 있다고 생각하는걸요. 하늘에 계신 아버지와 다른 가족들도 그리 생각할 테고요."

"총표파자는 죽었지만 아직 녹림십팔채가 남아 있는 건 알고 있지? 살아남은 녀석들이 죽기 전에는 네 손으로 마무리 지어야지. 나도 보이는 족족 처리할 생각이긴 하지만."

"그래서 악착같이 수련하고 있습니다."

복수가 끝나지 않았다고 생각하는 건 백현승도 마찬가지였다.

그리고 양보할 생각도 없었기에 백현승은 눈을 빛내며 대답했다.

"시작하자. 우선은 구결부터. 진무 태극검은 동공(動功)의 묘리도 있어서 무공구결이 좀 길어."

"최대한 빨리 외울게요."

"몇 번이고 반복해서 말해 줄 테니까 부담 가질 필요는 없어. 속도보다 중요한 건 확실하게 외우는 거야. 글자 하나만 바뀌어도 의미가 달라지니까."

"명심하겠습니다."

백현승이 자세를 가다듬었다.

그러고는 집중력을 극도로 끌어올렸다.

단 한 글자의 차이로 전체적인 진의가 흔들리고 그게 곧 주화입마로 이어질 수도 있기에 백현승은 정신을 바짝 차렸다.

"시작한다."

"예."

그 모습을 지켜보며 유하성은 진무 태극검의 무공구결을 천천히, 또박또박 읊기 시작했다.

아침 식사 후 모든 아이들이 각자 맡은 바 일을 찾아 분주히 움직였다.

나이는 어리지만 그렇다고 할 일이 없는 건 아니었다.

무당파는 규모가 큰 만큼 잡일거리가 많았고, 이틀째가 되던 날에 얼추 할 일을 찾아낸 아이들이 역량에 맞게 역할 분담을 했다.

다만 나이가 가장 어린 이소향만은 그 모든 것에서 열외였다.

"나도 할 수 있는데."

이소향이 작은 입술을 앙증맞게 내밀었다.

이백 명 중 가장 어린 건 사실이지만, 거기다 다섯 살이라고 하기에는 또래보다 체구가 많이 작았지만 그렇다고 아이 취급을 받기는 싫었다.

언니, 오빠 들처럼 큼지막한 일을 하지는 못해도 자잘한 심부름 같은 건 얼마든지 할 수 있었다.

"방 청소 같은 건 나도 할 수 있어."

평소에는 언니, 오빠 들의 말을 잘 따르는 이소향이지만 이번만큼은 따를 수 없었다.

보잘것없는 일이라고 해도 자신 역시 보답하고 싶은 마음이 있었으니까.

몸은 작아도 가슴에 품고 있는 마음은 언니, 오빠 들에게 뒤떨어지지 않았다.

"안 계시겠지?"

말간 눈을 껌뻑이며 이소향이 조심스럽게 방문을 열었다.

안에서 인기척이 느껴지지는 않았지만, 보통 이 시간에 유하성이 밖에 있다는 걸 알았지만 그래도 혹시 몰라서였다.

게다가 아무에게도 말하지 않고 찾아온 것이기에 이소향은 두근거리는 가슴을 부여잡으며 조심스레 방문을 아주 살짝 열어서 실내를 살폈다.

"역시 안 계시네. 그럼 후다닥 청소하고 나와야지."

유하성의 평소 성격을 그대로 드러내듯 방 안의 풍경은 단출했다.

가재도구라고 할 것도 없이 정말 딱 필요한 것들만 있는 모습을 잠시 둘러보던 이소향은 이내 소매를 걷어붙이고는 창문을 조금 열었다.

청소하기 전 환기는 기본이었다.

"자, 그럼 시작!"

반듯하게 개어져 있는 침상의 이불과 잘 정리되어 있는 책상과 의자에도 이소향은 부산을 떨었다.

작은 손과 발을 연신 움직이며 책장과 책상의 먼지를 털고 바닥을 쓸었다.

그러고는 마지막으로 고르고 골라서 꺾어 온 꽃을 준비한 작은 도자기에 적당한 물과 함께 담았다.

"헤헤헤!"

단출하기 짝이 없던, 그래서 왠지 모르게 차갑게만 느껴졌던 공간에 화병 하나가 추가된 것뿐인데도 이상하게 분위기가 확 달라졌다.

화사하면서도 묘하게 온기가 느껴지는 방 안의 풍경에 이소향은 혼자 흡족한 얼굴로 웃으며 고개를 주억거렸다.

그러면서 다시 한번 다짐했다.

매일 유하성의 방 청소는 자신이 하겠다고 말이다.

"이 정도쯤은 나도 할 수 있으니까."

"소향이가 청소했니?"

"헉!"

뿌듯한 얼굴로 혼자 고개를 주억거리며 만족해하고 있던 이소향이 등 뒤에서 들려오는 익숙한 목소리에 화들짝 놀랐다.

기척도 없이 유하성이 나타나자 정말 깜짝 놀란 것이었다.

경기를 일으키듯 몸을 파르르 떠는 이소향의 모습에 유하성이 되레 놀라 황급히 그녀의 앞으로 이동했다.

"괜찮니?"

"아, 네! 놀라서, 놀라서 소리 지른 거예요. 죄송해요."

"네가 왜 죄송해. 내가 미안하지."

습관적으로 붙어 나오는 죄송하단 말에 유하성이 안쓰러

운 표정을 지었다.

죄도 없는데 자꾸 죄송하다고 하는 게 너무나 안타까워서였다.

한창 어리광을 부리고 떼를 써도 이상하지 않은 나이인데 다들 철이 너무 일찍 들었다.

당장 눈앞에 있는 이소향만 보더라도 다섯 살이 어른들의 눈치를 보고 있었다.

"아니요! 유 공자님께서 왜 미안하세요! 제가 놀란 건데요!"

"알았으니까, 그만하자. 이러다가는 끝도 없겠다. 근데 혼자 청소한 거야?"

유하성이 자연스럽게 화제를 돌렸다.

분위기를 환기시키기 위해서였다.

그런데 별거 아닌 말에도 이소향은 우물쭈물하며 대답을 아꼈다.

혹시나 자신이 주제넘은 짓을 한 건 아닐까 걱정되어서였다.

"네에."

"꽃도 네가 꺾어 온 거고?"

"네."

"예쁘네. 방도 깨끗하고."

"정말요?"

조숙하기는 해도 아직 이소향은 아이였다.

그것도 고작 다섯 살밖에 되지 않은.

일월에 생일이 있어 해가 바뀌면 여섯 살이 된다고 하지만 유하성에게 있어 다섯 살과 여섯 살은 별 차이가 없었다.

그래서인지 유하성이 칭찬하듯 말하자 이소향의 얼굴이 대번에 밝아졌다.

"응. 완전 꼼꼼하게 잘했네. 엄청 야무진데?"

"헤헤헤!"

이어지는 칭찬에 이소향이 몸을 비비 꼬았다.

그러면서 속으로 안도의 한숨을 내쉬었다.

다행히 싫어하지는 않는 것 같아서였다.

물론 이럴 거라 예상한 건 사실이지만 그래도 혹시 몰랐기에 조마조마했었는데 다행히 안심해도 될 것 같았다.

"근데 너무 무리하는 건 아닐까?"

"이 정도는 할 수 있어요! 혹시 싫으신 건가요?"

"싫은 게 아니라 소향이가 힘들지 않을까 해서."

"저는 괜찮아요!"

이소향이 씩씩하게 소리쳤다.

두 손으로 앙증맞게 주먹을 쥐면서 말이다.

하지만 그 모습마저도 유하성에게는 안쓰러워 보였다.

그러나 절대 티를 내지는 않았다.

"힘들지 않을까?"

"지금도 언니랑 같이 쓰는 방은 같이 청소하는걸요!"

"그래?"

유하성의 눈매가 찰졸간에 씰룩였다.

수용소에 있던 이소향의 친언니가 죽은 게 떠올라서였다.

워낙에 어리고 작은 아이다 보니 수백 명의 아이들을 구했음에도 유독 기억에 남았다.

특히 친언니가 죽은 것조차 인지하지 못하던 그때가 말이다.

"언니가 되게 잘 챙겨 줘요!"

"희순이랑 같은 방이었나?"

"맞아요! 기억하고 계시네요?"

"이름은 다 알아. 기억력이 좋은 편이거든."

"우와."

별거 아닌 건데도 이소향은 진심으로 감탄했다.

자신들이 유하성의 이름을 외우는 건 어렵지 않지만 반대는 정말 쉽지 않다는 걸 잘 알아서였다.

그와 동시에 유하성이 언니, 오빠 들을 만날 때마다 이름을 꼭 부르던 게 생각났다.

"나이가 열다섯이었나?"

"맞아요! 언니들 중에 제일 나이가 많아요. 그래서 저랑 같은 방을 쓴다고 했어요."

"맏언니와 막내의 만남이네."

"그래서 희순 언니가 힘들 것 같아요. 저는 아직 어려서……."

"어리니까 잘 먹고, 잘 자서 쑥쑥 커야지."

금세 시무룩한 표정을 짓는 이소향을 유하성은 부드럽게 안아 주었다.

또래보다 작은 체구여서 그런지 무게도 솜털처럼 가벼웠다.

"안 그래도 많이 먹고 있어요! 우선 칠덕 오빠부터 따라잡을 거예요!"

유하성이 안아 주자 또 금세 해맑게 웃으며 이소향이 대답했다.

언니들이 자주 안아 주기는 하지만 유하성에 비할 바는 아니었다.

넓고 포근한 가슴에 이소향이 조심스레 목을 껴안았다.

혹시라도 불편해하지는 않을까 눈치를 살피면서 말이다.

"칠덕이가 일곱 살치고 키가 작다고는 하지만, 그래도 쉽지 않을걸? 시간은 누구에게나 공평하게 흐르니까."

"일단 목표예요. 히힛!"

"그래. 목표를 잡는 게 중요하지. 특히나 현실적인 목표를 말이야."

이소향의 등을 부드럽게 쓸어 주며 유하성이 말했다.

그 따뜻한 손길에 이소향이 배시시 웃었다.

"그럼 방 청소는 제가 해도 되죠?"

"그렇게 하고 싶어?"

"네! 이 정도는 저도 할 수 있으니까요. 겨울에는 꽃을 구하기 힘들겠지만 대신 풀은 있으니까요."

이소향이 초롱초롱한 눈으로 유하성을 쳐다봤다.

꼭 자신이 하고 싶다는 듯이 말이다.

"언니, 오빠 들이 싫어할 텐데."

"저 혼자만 놀 수는 없으니까요. 일하지 않는 사람은 먹으면 안 돼요."

"그건 어른들 이야기고. 아이들은 잘 먹고, 잘 자고, 잘 노는 것만으로도 할 일을 다 하는 거야."

"에⋯⋯."

이소향이 말끝을 흐렸다.

그런 이소향의 두 눈동자는 불안하게 흔들렸다.

버림받지 않으려면 어떻게 해야 하는지 알기에 이러지도, 저러지도 못하는 것이었다.

"물론 그렇다고 해서 하고 싶어 하는 걸 막을 생각은 없어. 나도 그렇지만 무당파는 너희들에게 강제로 무언가를 시킬 생각이 없단다. 그저 너희들이 하고 싶어 하는 것을 찾기 위해 도와주려는 거지. 꿈이 있고 없고의 차이는 상당히 크단다. 그리고 그건 오래 고민해서, 스스로 찾아내야 하는 거고. 다만 내가 말하고 싶은 건 무리하지 말라는 거야. 억지로 할 필요도 없고."

"제가 하고 싶으면 해도 되는 건가요?"

"응."

"그럼 할게요!"

이소향이 망설이지 않고 대답했다.

그런데 그 모습이 유하성에게는 이상하게도 처연하게 다가왔다.

"그래 줄래?"

"네! 방 청소는 제가 책임질게요! 절대 책이나 그런 건 안 볼게요!"

이제 겨우 다섯 살임에도 똑 부러지게 대답하는 이소향의 모습에 유하성은 빙그레 웃으며 머리를 쓰다듬어 주었다.

그러자 이소향의 미소가 짙어졌다.

"대신 한 가지만 약속하자. 절대 무리하지 않겠다고. 알았지?"

"네!"

"청소 다 했으면 나갈까? 흑풍이 오는 것 같은데."

"정말요?!"

이소향의 두 눈이 반짝거렸다.

보통 말과는 전혀 다른, 마치 격이 다른 기품을 가지고 있는 흑풍을 이소향은 물론이고 다른 아이들도 좋아했다.

말이라고 보기 힘들 정도로 영리하기도 했고 말이다.

특히 어린아이들에게는 유독 착하게 굴었다.

"응. 멀리서 투레질 소리가 들리네. 보통 오전에 놀러 오기도 하고."

"얼른 가요!"

"그래."

얼마나 좋은지 다리를 크게 흔드는 이소향을 안고서 유하성은 처소를 나갔다.

그런데 그가 나가기 무섭게 활짝 열린 창문 한쪽이 저절로 닫혔다.

무형지기를 이용해 유하성이 한쪽만 닫은 것이었다.

한 대의 화려한 마차가 무당산을 올랐다.

한동안 발길이 뜸해졌던 시인묵객들과 행락객들 사이로 금와장의 깃발을 단 마차가 무당파의 산문을 향해 올라갔던 것이다.

그리고 마차 주위에는 호위무사들로 보이는 무인들이 철통같이 진형을 유지하며 따르고 있었다.

"드디어 산문이다!"

"무당산이 오랜만도 아닌데 왜 그렇게 신나 있어?"

"이상하게 여기가 편해. 사람들도 좋고."

"그래?"

마차 옆면에 달려 있는 자그마한 창문으로 고개를 내밀며 황주성이 소리쳤다.

낙엽이 수북하게 쌓여 있는, 어디서나 볼 수 있는 광경임에도 황주성은 꽤나 들뜬 기색이었다.

"응! 유 공자님도 계시고. 다 같이 수련하는 것도 재미있어. 지금은 친구들도 많이 있다며?"

"맞아. 친구들보다는 형, 누나 들이 많겠지만."

"같이 수련하면 재미있겠다."

"그럴까나."

황주연이 묘한 표정을 지었다.

모든 걸 다 가지고서 태어난 남동생과 달리 지금 무당파에서 머무는 아이들은 전쟁으로 인해 그나마 있던 가족들마저 잃은 불쌍한 아이들이었다.

가진 게 없는 아이들이 얼마나 철이 일찍 드는지 잘 알았기에 황주연은 걱정도 살짝 되었다.

서로가 달라도 너무 달라서였다.

'아버지께서는 거기에서 배우고 느끼는 게 분명히 있을 거라 말씀하셨지만, 글쎄.'

조금도 아니고 거의 하늘과 땅만큼의 차이가 있기에 황주연은 솔직히 회의적이었다.

게다가 무당파가 거둔 아이들과 달리 황주성은 아직 어렸다.

하고 싶은 걸 다 하며 살았기에 일곱 살치고는 어린 느낌이었고.

'문제가 생기지 않게 내가 중간에서 잘해야 해.'

서서히 가까워지는 산문을 보며 황주연은 다짐했다.

남동생인 황주성에게는 별거 아닌 말과 행동일지 모르나 부모를 여의고 천애고아나 다름없는 아이들에게는 상처가 될 수 있음을 말이다.

그리고 그럴 경우 유하성이나 이춘상이 절대 좋게 보지 않을 터였다.

'주성이의 나이가 어리니 두 분 다 그걸 감안해 주시기는 하겠지만 중요한 건 미운털이 박히지 않아야 한다는 거야.'

자주 보는 것만큼 정을 쌓는 데 좋은 건 없었다.

하지만 이건 양날의 검이었다.

좋은 방향으로 갈 수도 있으나 최악으로 치달을 가능성도 충분했다.

물론 유하성과 이춘상의 아량과 배포가 넓다는 건 알고 있지만 조심해서 나쁠 건 없었다.

'그나저나 대단하셔. 이백 명이나 되는 아이들을 거두는 게 정말 쉬운 일이 아닌데.'

오고 가는 사람들 때문에 느릿하게 이동하는 마차의 속도를 느끼며 황주연은 새삼 유하성의 그릇을 느낄 수 있었다.

아이들이 어느 정도 자랄 때까지 책임지자고 처음 말을 꺼낸 게 바로 유하성이었다.

거기에 다른 구대문파와 오대세가가 동조한 것이었고.

그래서인지 무당파가 책임진 아이들의 숫자가 가장 많았다.

'괜히 명문(名門)이라 불리는 게 아니지.'

명문대파, 명문세가라고 칭하는 곳들은 강호무림에 수두룩했다.

그러나 명문이라는 두 글자가 어울리는 곳은 의외로 없었다.

스스로 말해 봤자 아무런 의미가 없어서였다.

하지만 이번 일로 적어도 무당파만은 세인들에게 각인되었다.

진짜 명문대파로 말이다.

무당파가 솔선수범했기에 아무것도 모른 채 번천회에 이용당할 뻔했던 아이들이 죽음을 피하고, 길거리를 피할 수 있었다.

"어서 오십시오. 여기서부터는 제가 안내하겠습니다."

무당파를 방문한다는 소식을 전서구로 미리 알렸기에 산문에는 일대제자가 나와 있었다.

손님 대우를 확실하게 해 주었던 것이다.

길을 알고는 있으나 이렇게 안내해 주는 것과 직접 찾아가는 것은 달랐기에 황주연은 벌써부터 폴짝폴짝 뛰기 시작하는 황주성을 앉히며 정중하게 묵례로 감사 인사를 전했다.

"감사합니다."

"별말씀을. 그럼 저를 따라오시죠."

부드러운 미소와 함께 일대제자가 앞장서서 마차 앞으로 나아갔다.

그러고는 적당한 속도로 경신술을 유지하며 이동했다.

마차가 흙먼지를 일으키지 않을 만한 속도로 나아갔던 것이다.

이윽고 연구동보다 더 큰 아이들의 숙소가 가장 먼저 보였고, 그다음으로 연구동과 유하성이 머무는 처소가 시야에 들어왔다.

"유 공자님!"

동시에 마중 나와 있는 유하성과 이춘상의 모습도 보였다.

그런데 황주성이 유하성만 불러서 그런지 이춘상의 얼굴이 삽시간에 일그러졌다.

"안녕하세요, 후개님!"

"엎드려 절받는 것도 아니고."

"까먹는 것보다는 낫잖아?"

"쳇쳇!"

은근히 사소한 것에 투덜거리는 이춘상의 모습에 유하성은 피식 웃으며 앞에 멈춰 선 마차를 바라봤다.

그러자 마차의 문이 열리며 황주연과 황주성이 밖으로 나왔다.

"오랜만에 뵙습니다, 유 공자님."

"일단 안으로 들어가실까요?"

"네."

범상치 않은 실력자인 마부는 물론이고 호위대가 유하성을 향해 깍듯하게 고개를 숙였다.

안면이 있기도 하거니와 무당패왕이라 불리는 유하성에게 예의를 다하는 것이었다.

그런 이들에게 마주 포권을 한 유하성은 황주연과 황주성을 데리고 처소로 들어갔다.

제56장 유하성 쟁탈전

"갑자기 찾아와서 실례가 아닌지 모르겠어요."

"아닙니다. 아직 전쟁이 끝난 건 아니지만 그래도 소강상태인 건 사실이니까요. 안심하기에는 이르지만 그렇다고 너무 긴장할 필요는 없지요. 무림의 전쟁이지 상계의 전쟁은 아니니까요."

"꼭 그런 것만은 아닌 듯싶습니다."

조심스럽게 대답하는 황주연의 말에 유하성이 눈을 살짝 크게 떴다.

그리고 그건 옆에 앉아 있던 이춘상도 마찬가지였다.

"네?"

"우선 이걸 봐 주시겠어요? 장주님께서 유 공자님께 보내신 서신입니다.”

“흐음.”

소중하게 챙겨 왔다는 듯이 황주연이 품속에서 곱게 접혀 있는 서신을 꺼냈다.

그 모습에 유하성은 물론이고 이춘상도 얼굴 가득 궁금한 표정을 지었다.

단단히 밀봉되어 있는 모습을 보아하니 평범한 내용은 아닌 것 같아서였다.

후르릅!

반면에 황주성만은 태연하게 차를 홀짝였다.

심각한 분위기를 느끼지 못하는 모양인지 오랜만에 마시는 무당파의 차를 연신 들이켰던 것이다.

“뭔데? 무슨 내용인데? 내가 알면 안 되는 내용인가?”

“그 정도까지는 아닌 것 같은데. 혹시 황 소저께서는 내용을 아십니까?”

“네. 이곳으로 출발하기 전에 장주님께 직접 들었습니다.”

서신의 내용은 그리 길지 않았다.

하지만 내용은 무거웠기에 유하성은 혹시나 하는 마음에 황주연에게 물었다.

이런 유의 일은 확실하게 짚고 넘어가서 나쁠 게 없어서였다.

“그럼 춘상이에게 보여 줘도 되겠군요.”

"네. 장주님께서도 그리 말씀하셨습니다. 개방의 도움이 필요하기도 하고요."

"본 방의 도움이 필요하다고?"

이어지는 유하성과 황주연의 대화에 이춘상이 고개를 갸웃거렸다.

그런 이춘상에게 유하성은 고급스러운 종이로 만들어진 서신을 넘겼다.

"호오."

유하성이 건네준 서신을 빠르게 읽어 내려가던 이춘상의 눈썹이 크게 꿈틀거렸다.

예상치 못한 내용에 살짝 당황한 것이었다.

그런데 그 기색은 빠르게 가라앉았다.

"흑점에는 단순히 낭인들만 소속되어 있지 않습니다. 어떻게 보면 하오문보다 더한 막장 인생들이 모여 있다고 해도 과언이 아닙니다."

"맞아. 온갖 쓰레기들이 다 모여 있지. 그래도 하오문은 사람답게 일하는 이가 있기는 해. 어쩔 수 없는 족쇄로 인해 묶여 있기도 하고. 그런데 흑점은 달라. 인신매매가 아무렇지 않게 일어나는 곳이야. 거기다 암상(暗商)도 있고. 이건 나도 생각을 못 했네."

이춘상의 표정이 심각해졌다.

잠적한 나머지 십천주들을 찾지 못한 게 하오문이 교묘하게 중간에 장난질을 해서라고 생각했는데 그건 착각이었다.

기본적으로 하오문의 역량도 뛰어나지만 암상이 함께한다면 제아무리 개방이라도 수색하는 데 한계가 있었다.

'그런데 여기서 중요한 건 이걸 왜 말해 주느냐지.'

이춘상이 묘한 눈으로 황주연을 바라봤다.

금와장과 유하성의 관계가 좋은 건 사실이지만 이 정도의 고급 정보를 넘겨줄 정도로 가까운 사이는 아니었다.

그렇다고 혈연으로 맺어져 있는 것도 아니었고.

단순히 선의로 내줄 정보가 아니었기에 이춘상은 복잡한 눈빛으로 황주연을 쳐다봤다.

"이 정보를 알려 주시는 이유가 무엇입니까?"

"유 공자님과 무당파에 필요할 것 같아서요. 함께 싸우지는 못하지만 이 정도 지원은 할 수 있거든요."

유하성도 같은 생각인지 황주연에게 단도직입적으로 물었다.

한데 직설적인 물음에도 그녀는 당황하지 않았다.

"혹시 암상과 충돌이 있었던 건 아닙니까?"

"기미는 보였지만 충돌까지 가지는 않았어요. 하지만 암상 쪽에서 욕심을 낸 건 사실이에요. 그리고 금와장이 큰 건 사실이지만 중원 전체를 손에 넣은 건 아니에요."

"그렇긴 하죠."

무림으로 치자면 천하제일가라고 할 수 있는 게 금와장이었다.

하지만 천하제일가가 무림 전체를 지배하는 건 아니었다.

전역에 영향력을 끼치는 것뿐.

물론 그게 그거 아니냐고 말하는 이들도 있겠으나 이 차이는 의외로 컸다.

정점에 있는 만큼 도전자는 늘 있었다.

그리고 그건 정상에 있는 자가 받아들여야 하는 숙명이었다.

"조사해 볼 가치는 충분한 것 같은데."

"맞아. 이쪽으로는 전혀 생각을 못 해서. 변방무림 쪽은 아무래도 본 방의 영향력이 약하기도 하고. 또 외진 곳이 워낙에 많으니까."

남은 십천주들이 잘 숨어 있는 것도 있지만 하오문과 암상들이 마음먹고 훼방을 놓는다면 제아무리 개방이라도 힘들 수밖에 없었다.

하지만 이제는 암상이라는 존재를 알았으니 지금처럼 허탕만 치지는 않을 터였다.

"저희도 새로운 정보가 있으면 알려 드릴게요. 좋은 경쟁자는 환영이지만 저열한 경쟁자는 저희 쪽에서도 사절이에요."

"확실히 암상이 지저분하긴 하지요. 사는 사람만 있으면 똥도 파는 녀석들이지."

금와장의 입장은 확실히 알았기에 이춘상은 고개를 주억거렸다.

협력해서 나쁠 건 없어서였다.

먼저 말을 꺼내기가 쉽지 않아서 그렇지 금와장과 힘을 합친다면 지금보다 진척 속도가 훨씬 더 빨라질 게 분명했다.

"겨울 안에는 마무리 지었으면 좋겠는데."

"쉽지는 않을 거야. 십천주들은 무조건 시간을 끌어야 하니까. 그래야 수습도 하고, 규모도 다시 키울 수 있을 테니. 물론 가장 중요한 건 생존일 테고. 일단 살아남아야 후일을 도모할 수 있으니까."

"그러나 우리 쪽에서는 용납할 수 없지."

"맞아. 벽력문이나 다른 곳은 몰라도 귀단문은 반드시 끝장을 내야 해."

이춘상이 단호하게 말했다.

애초에 하오문이나 흑점, 공공문, 녹림십팔채와 천하수로채를 박멸하는 건 불가능했다.

죽여도 죽여도 또 새로운 이들이 벌레처럼 기어 나올 게 분명했으니까.

하지만 이번에 번천회를 일으킨 이들만은 모조리 다 처치해야 했다.

"또 다른 피해자가 나와서는 안 되니까."

"그렇지. 아이들은 뭔 죄야. 부모들도 무슨 죄고."

이춘상의 표정이 씁쓸해졌다.

생각하면 생각할수록 안타까운 마음만 들어서였다.

더욱이 죽은 부모들이 어떤 심정으로 번천회에 합류하고 폭혈단을 먹었는지 모르지 않았기에 이춘상은 입술을 비틀었다.

"아, 그리고 늦었지만 유 공자님께 감사 인사를 전해 달라고 장주님께서 말씀하셨어요. 꼭 감사 인사를 전해 달라고 신신당부하셨어요."

"진천뢰 말씀이군요."

"네. 구하고 싶어도 구할 수가 없는 귀물이 진천뢰니까요."

"받은 게 있으니 그만큼 보답한 겁니다."

유하성이 대수롭지 않게 말했다.

분명 진천뢰는 귀한 게 맞았다.

하지만 그동안 금와장에 알게 모르게 받은 것들을 생각하면 절대 과하다는 생각은 들지 않았다.

"보통은 받는 걸 당연하게 생각하는 사람들이 있더라고요. 그러다가 관계가 망가진 사람이 한둘이 아니었고요. 그래서 저는 물론이고 장주님께서도 더욱 감사하게 생각하고 있어요. 모든 사람이 다 유 공자님 같지는 않거든요."

"맞습니다. 이상하게 호의가 계속되면 권리라고 생각하는 이들이 있지요. 왜들 그렇게 변해 가는지."

이춘상이 맞장구를 쳤다.

당장 그만 하더라도 그런 인간들을 많이 봐서였다.

거지라고 호구 대하듯이 대하는 이들도 많았고 말이다.

선의를 행하면 감사할 줄을 알아야 하는데 그걸 모르는 이들이 너무 많았다.

"저희의 도움이 필요하시면 언제라도 마음 편히 말씀해 주세요, 유 공자님."

"필요한 게 생기면 부탁드리겠습니다."

선의를 선의로 받아 주고 고마워하니 유하성으로서도 뿌듯했다.

물론 금와장이 무조건 순수하지만은 않다는 걸 그도 알고 있었다.

금와장은 상가(商家)이고 황만덕과 황주연은 상인이었으니까.

그러나 믿을 수 있는 관계는 많아서 나쁠 게 없었다.

"아, 마지막으로 당분간 무당산에 머물러도 될까요? 주성이가 두 분을 비롯해서 다른 분들과도 정이 많이 들었는지 본가에 가서도 무당산 얘기를 많이 했거든요."

"얼마든지요. 머물고 싶으신 만큼 머무셔도 됩니다."

"감사합니다."

"감사합니다!"

잠자코 어른들의 대화를 듣고 있던 황주성이 누나를 따라

고개를 숙였다.

황주연처럼 공손하게 인사했던 것이다.

하지만 목소리에는 신난 기색이 완연했다.

"별말씀을요. 방은 전에 쓰셨던 방을 쓰시면 됩니다. 지금도 비어 있으니까요. 호위대가 머물기에도 충분할 겁니다."

"배려해 주셔서 감사합니다."

"아닙니다. 당연히 해야 할 일인걸요. 그럼 짐부터 푸시지요."

"네."

급한 대화는 다 나누었기에 황주연은 남동생을 챙기고서 방을 나섰다.

물론 황주성이 쉽게 떠나려고 하지 않았지만 엄한 누나의 눈빛에 어쩔 수 없이 따라 나설 수밖에 없었다.

"또 북적거리겠네."

"그러게."

"근데 너무 속 보이는 거 아냐?"

"뭐가?"

찻잔을 들어 올리며 유하성이 물었다.

뜬금없이 무슨 소리인가 싶어서였다.

"정말 몰라서 묻는 거야?"

"뭘?"

"허어. 실망인데."

이춘상이 히죽 웃었다.

모처럼 장난기가 가득 담겨 있는 미소였다.

더불어 음흉한 눈빛으로 눈썹을 크게 씰룩이며 유하성을 쳐다봤다.

"무슨 말을 하는지 모르겠네."

"내 앞에서도 모른 척이라니. 실망인데."

"정말 몰라서 하는 말인데."

"딱 봐도 널 노리고 온 거잖아. 전쟁이 아직 끝나지도 않았는데 막내딸과 장남을 왜 보냈겠어?"

"이유가 확실히 있잖아?"

유하성이 고개를 저었다.

너무 지나친 억측 같아서였다.

물론 그 역시 그 점에 대해 생각하지 않은 건 아니지만 너무 앞서가는 것도 좋지 않았다.

남녀 사이에 착각보다 무섭고 쪽팔린 건 없었다.

"확실하게 이유가 있긴 하지. 이 서신은 눈속임이고."

"눈속임은 무슨. 이건 가짜가 아냐."

"알지. 내가 설마 그걸 모를까. 내가 말하고 싶은 건 시야를 가리는 거야. 다른 사람들에게 말이지. 그러면서 너에게는 은근히 꼬리를 치고."

"꼬리라니. 평소와 다를 게 없던데."

"그야 당연하지. 내가 있고, 남동생이 있으니까. 다른 사람들이 있는데 그렇게 티를 내면 그건 하수지."

이춘상이 그걸 모르냐는 듯이 거만하게 손가락을 휘휘 저었다.

마치 자신은 고단수인 것처럼 말이다.

그러나 유하성이 보기에 이춘상은 절대 고수가 아니었다.

딱 얼굴만 믿고 설치는 부류가 이춘상이었다.

"그렇게 생각하고 싶으면 그렇게 생각해. 상상은 각자의 자유이니까."

"어허! 날 그렇게 매도하다니!"

"그만 떠들고 나가서 이거나 알아봐. 이게 급하지 않아?"

"능구렁이 같은 놈."

"나도 알아봐야 하고. 그러니 이따 보자고."

이춘상이 나갈 기미를 보이지 않자 유하성은 먼저 일어났다.

급한 게 사실이기도 했고.

그가 일어나자 이춘상도 그제야 몸을 일으켰다.

해도 뜨지 않은 이른 새벽에 유하성은 홀로 침상에 앉아 명상을 하고 있었다.

정확하게는 요즘 그가 붙잡고 있는 화두를 곱씹었다.

진무 태극검의 무공구결은 다 전수했고, 형(形) 역시 기본적인 것들은 다 가르친 상태였다.

추후 자세를 교정하는 것 말고는 다 해 주었기에 유하성은 다시 본인의 수련에 집중했다.

'존재감, 혹은 위압감.'

중원수호맹 총단에 머물 당시 유하성은 명천에게도 조언을 구했다.

명천은 검객이고 그는 무투가였으나 만류귀종이라고 결국 끝은 다 통하기 마련이었다.

일정 경지에 오르면 검과 권의 차이가 거의 없어지기도 했고.

결국 중요한 것은 스스로 이룩한 무공과 깨달음이었다.

'조금 더 수준을 높이면 무형지기와 의형살인강(意形殺人罡).'

무형지기는 말 그대로 육안으로는 보이지 않는 힘이었다.

여기에서 좀 더 심화되면 의형살인강이 되었다.

의지만으로 강기를 일으켜 사람을 죽이는 경지로 절대고수 정도는 되어야 펼칠 수 있었다.

하지만 절대적이지는 않았다.

모든 경지가 그렇듯 수준 차이는 엄연히 존재했다.

의지력, 혹은 정신력에 따라 승패가 갈라졌다.

'더 나아가면 심검(心劍)의 경지가 있고. 나에게는 심권(心

武當霸王
무당
패왕

拳)이나 심장(心掌)이라고 해야 하나.'

유하성이 입가에 미소를 띠었다.

상상만 해도 기분이 좋아졌던 것이다.

당대의 천하제일인인 성승조차도 다다르지 못한 경지가
바로 심검의 경지였다.

그렇다는 말은 심검, 혹은 심권을 얻으면 천하제일인이 될
수 있다는 말과도 같았다.

'물론 아직은 먼 이야기지만.'

강함과 약함을 나누는 건 언제나 상대적이었다.

그런 만큼 심권을 얻었다고 해서 꼭 천하제일인이 되는 건
아니었다.

각 시대의 이 인자들이 실력과 운이 부족해서 천하제이인
이 된 건 아니었다.

그저 그들보다 더 강한 이가 있어서 천하제이인이 된 것
뿐.

'막연하지만, 언젠가는.'

지금은 보이지도, 가늠되지도 않는 경지이지만 유하성은
포기하지 않았다.

늘 그렇듯이 묵묵히 걸어가다 보면 언젠가는 눈에 보일 것
이었다.

더 나아가면 손에 잡힐 듯이 가까워질 테고.

그러니 지금은 묵묵히 앞으로 나아갈 때였다.

'하나씩 천천히. 무공은 어떻게 보면 탑을 쌓는 것과 똑같으니까.'

누구는 무공의 경지를 등산에 비교하기도 했다.

오르고 오르다 보면 엄청나게 높은 산도 결국에는 정복할 수 있다고.

하지만 산이 아무리 높아도 하늘에는 닿지 않는다고 말이다.

그리고 이건 꼭 무공에만 해당되는 게 아니라 모든 분야가 마찬가지로 생각했다.

'지금은 할 수 있는 것부터.'

노력은 하되 무리하게 욕심을 품지는 않았다.

욕심을 가지게 되면 어쩔 수 없이 무리를 하게 되고, 그리하면 심신이 망가지기 쉬웠다.

그렇기에 유하성은 욕심을 최대한 내려놓고 조급한 마음도 버렸다.

대신 할 수 있다는 자신감과 현실적으로 가능한 목표를 생각했다.

'한번 시도해 볼까.'

과거 무율과의 비무 때 한번 본 게 다이지만 지금이라면 불가능하지만은 않을 것 같았다.

그렇다고 해서 바로 완성할 수 있는 건 아니지만 심검에 비하면 상대적으로 쉬운 목표인 건 사실이었다.

지금부터 시작해도 수많은 시행착오를 겪어야 하겠지만 그러한 과정은 유하성에게 익숙했다.

더불어 한번 도전해 보고 싶기도 했고.

'주먹으로 펼치지 말란 법은 없으니까.'

더욱이 유하성은 사부인 명운과 함께 아무것도 없는 상태에서 오직 태극권 하나만을 연구해 면장과 십단금을 부활시켰다.

명운은 유하성이 마무리를 지었다고 늘 말했지만 그의 생각은 달랐다.

무당면장과 십단금은 결코 그 혼자서 복원시킨 게 아니었다.

선대에서부터 축적된 연구 결과가 자신의 대에서 결실을 맺은 것이었다.

그들의 노고가 있었기에 한 단계 한 단계 나아갈 수 있었고, 그 결과가 복원이었다.

때문에 유하성은 오로지 자신의 공이라고는 절대 생각하지 않았다.

"음?"

꼬리에 꼬리를 무는 생각을 이어 가던 그때 창문 밖에서 부산스러운 소리가 들렸다.

아직 해가 뜨기 전인데도 아이들이 하나둘 숙소 밖으로 나온 것이었다.

그 소리에 유하성은 두 눈을 뜨며 침상에서 일어났다.

방해를 받아 흐름이 끊어졌다기보다는 유하성 스스로 수련을 멈춘 것이었다.

끼이익.

오랜 경첩이 비명을 지르듯 거친 소리를 내며 창문이 서서히 열렸다.

그러나 그 소리가 아이들에게는 들리지 않은 모양인지 삼삼오오 모여서 숙소 주변으로 흩어졌다.

누가 시킨 것도 아닌데 각자 자신이 맡은 바 일을 하는 것이었다.

그런 아이들 중 한 명이 유하성의 시선을 끌었다.

"조심해."

"괜찮아. 이제는 길에 익숙해진걸."

"그래도 조심해야 해. 아직 어두우니까."

"헤헤. 언니 손잡고 가면 괜찮아."

한창 잠이 많을 때인데도 언니, 오빠 들을 따라 밖으로 나온 이소향의 작은 인영을 보며 유하성은 가슴이 무거워졌다.

다른 아이들도 안쓰러운 건 마찬가지였지만 막내라서 그런지 유독 시선이 더 가고 신경이 쓰였다.

떼를 쓰고 칭얼거리는 게 정상인데 이소향은 그런 게 전혀 없었다.

고작 다섯 살의 나이에 참고 인내하는 법을 알고 있는 모습에 유하성은 자기도 모르게 한숨을 내쉬었다.

휘익.

어둠에 구애받지 않는 수준이기에 유하성은 밤이나 새벽이라고 해서 불을 켜지 않았다.

그래서인지 아이들은 유하성의 방에 창문이 열린 것도 알아차리지 못했다.

해가 뜨기 전의 새벽이 가장 어둡다는 말처럼 사방이 캄캄했는데도 아이들은 용케 넘어지지 않고 각자 할 일을 찾아 이동했다.

그중 유하성은 유독 신경이 쓰이는 이소향을 조용히 따라갔다.

꼬꼬꼬. 꼬옥!

잠을 자고 있던 닭장 안의 닭들이 아이들의 인기척에 화들짝 놀라며 깼다.

사람과 마찬가지로 어두컴컴한 새벽이었기에 잠을 자고 있다가 깬 것이었다.

"미안해, 애들아."

"근데 지금밖에 시간이 없어."

"어차피 곧 일어날 때잖아. 그러니까 너무 화내지 마."

"이제는 익숙해질 때도 됐잖아?"

일일이 사과하는 이소향과 달리 대여섯 살의 남자아이들은 장난기 가득한 어조로 말했다.

농담하듯이 닭들에게 말했던 것이다.

그걸 닭들도 알아차린 건지 이소향이 지나갈 때는 얌전히 있다가 남자아이들이 다가오자 홰를 쳤다.

거칠게 날개를 파닥이며 위협을 가했던 것이다.

"어허!"

"어림없지!"

"나이도 우리가 더 많다고!"

다만 문제는 남자아이들에게 닭은 익숙한 가축이라는 점이었다.

어렸을 적에 다들 집 뒷마당에서 닭을 키웠던 경험이 한두 번은 있었기에 남자아이들은 홰를 치는 닭들의 모습에도 전혀 긴장하지 않았다.

성체라고는 하나 이제 갓 성체가 된 닭들이 대부분이었기에 남자아이들은 여유롭게 손을 집어넣어 계란을 꺼냈다.

"자자, 밥 먹자!"

"많이 먹고 알을 쑥쑥 낳아 주렴."

"병아리도 태어나면 우리가 열심히 키워 줄게."

남자아이들이 암탉들의 부리를 요리조리 피하며 계란을 바구니에 담을 때 이소향을 비롯해서 여아들은 먹이를 챙겼다.

나름 균형을 갖춘 먹이들을 통에 담아 주었던 것이다.

거기다 물까지 챙겨 주고는 후다닥 닭장 밖으로 나왔다.

"오늘은 얼마나 챙겼어?"

"어제보다 많은데? 이제 슬슬 적응을 하나 봐. 점점 낳는 게 많아지네."

"좋다!"

"병아리도 이제 슬슬 부화할 거야."

바구니를 가득 채우고 있는 계란에 기뻐하는 것도 잠시, 얼마 안 가 병아리도 태어날 거라고 말하자 여자아이들이 눈을 반짝였다.

그리고 그중에는 이소향도 있었다.

깜찍한 병아리들이 닭장을 옹기종기 걸어 다니는 모습을 상상하자 미소가 절로 나왔다.

"근데 곧 겨울인데 애들이 잘 버틸 수 있을까?"

"따뜻하게 해 줘야지. 얼어 죽지 않게. 안 입는 옷들을 그래서 미리 챙겨 두고 있잖아. 바람을 막아 주는 것도 한 가지 방법이고."

"불을 피워 줄 수 있으면 좋을 텐데."

"그건 안 돼. 자칫 잘못해서 불이 날 수가 있어. 그럼 닭장이 문제가 아니야."

가장 나이가 많은 일곱 살 칠덕이가 단호하게 고개를 저었다.

혹한의 추위는 사람과 마찬가지로 닭들에게도 치명적이었다.

그러나 불을 피울 수는 없었다.

마을도 위험한데 이곳은 산이었고, 심지어 겨울의 산불은 지옥불과 다름없을 정도로 무서웠다.

"그치. 무당파에 폐를 끼칠 수는 없으니까."

"순서를 정해서 번갈아 가며 모닥불을 관리해도 되지만 정작 중요한 건 낮이 아니라 밤이니까."

"최대한 머리를 맞대 봐야겠다."

"그렇지."

나눠서 든 바구니를 가지고 숙소로 걸어가며 아이들이 오순도순 대화를 나누었다.

제일 연장자가 일곱 살인데 의외로 대화의 수준이 깊었다.

"다 모였어?"

"응!"

"대답 작게 해. 도사님들에게 피해를 주면 안 되니까. 그럼 오늘도 시작하자."

"응."

가깝게는 숙소와 연구동, 유하성의 처소 주변을 청소하는 것에서부터 멀리는 산문까지 가서 빗자루질을 하고 온 아이들이 숙소 뒤의 마당에 옹기종기 모였다.

그러고는 백현승이 가르쳐준 운기토납법을 수련하기 시작했다.

전원 다 무인이 되고자 하는 게 아니라 건강을 위해서 수련하는 것이었다.

"후우."

"하아."

나이가 어려도 아이들은 다 알았다.

이 냉혹한 세상에서 믿을 건 자신밖에 없다는 사실을 말이다.

어쩌면 그래서 더더욱 아이들끼리 똘똘 뭉치는 것일지도 몰랐다.

서로 같은 처지라는 걸 너무나 잘 아니까.

"으음!"

"쿠울."

물론 나이가 어리기에 집중력에는 차이가 있을 수밖에 없었다.

그나마 열 살이 넘은 아이들은 제법 의젓하게 운기토납법을 계속 이어 갔지만 열 살 이하의 아이들은 얼마 가지 않아 졸기 시작했다.

몇몇은 좀이 쑤시는지 계속 움직였고.

하지만 적어도 포기하는 아이들은 없었다.

"참 대견스럽단 말이지."

"그러게."

"매일같이 저러더라고. 보통은 힘들다고 칭얼거리기 마련인데 단 한 명도 그런 아이가 없어. 그게 정말 어려운 건데."

언제 다가온 건지 이춘상이 흐뭇한 얼굴로 옆에 서서 아이들을 바라보고 있었다.

특히 졸고 있는 아이들을 이춘상은 사랑스러운 눈빛으로 쳐다봤다.

어른들조차 하기 힘든 게 꾸준함이었다.

그걸 이제 열 살 안팎의 아이들이 하고 있었기에 이춘상은 너무나 대견했다.

"대단한 일이지."

"저 아이들은 뭘 해도 될 거야. 적어도 허송세월은 절대 안 보낼걸. 눈치 보다가 뛰쳐나간 애들은 길거리를 전전할 테고."

"각자의 선택이니 존중해 줘야지."

수용소, 혹은 양성소에 있던 아이들이 전부 다 중원수호맹을 따른 건 아니었다.

총단에서 정신을 차린 후 각자 살길을 찾아 떠난 아이들도 꽤 있었다.

부모나 친척, 혹은 혈족들이 찾아오지 않을 걸 알고 각자 도생하겠다고 떠난 것이었다.

그러나 누구도 그걸 말리지 않았다.

"나중에 안 좋게 만나지만 않았으면 좋겠다."

"모르는 일이지. 미래는 오직 신만이 알고 있으니까."

"부디 나쁜 결정은 하지 않았으면 좋겠는데 말이지."

이춘상의 입가에 씁쓸한 기색이 서렸다.

말은 이렇게 했지만 그는 알고 있었다.

거리를 전전하는 아이들의 미래가 어떻게 될지 말이다.

거지로 살아오며 거리의 아이들이 어찌 성장하는지 봤었기에 이춘상은 안타까운 표정을 지었다.

"모두를 책임질 수는 없어. 그럴 자격도, 능력도 없지."

"알지. 당연히 알고 있지. 근데도 안타까워서 그렇지. 조금만 다르게 생각했다면 더 나은 삶을 살아갈 수도 있었을 텐데."

"또 모르지. 그 아이들의 선택이 우리의 제안보다 더 나은 결과를 만들어 낼지도."

"맞아. 그럴 수도 있지. 하지만 너도 알잖아? 그럴 가능성이 희박하다는 걸."

"……."

유하성은 대답하지 않았다.

무언의 긍정이었다.

"다들 일어나!"

"체조하자!"

어느새 동녘이 붉게 물들기 시작했다.

동쪽의 산에서 불그스름한 빛과 함께 해가 떠오르는 것이었다.

그와 동시에 아이들이 하나둘 자리에서 일어났다.

졸고 있던 아이들은 소매로 입가를 슥 닦으며 언니, 오빠, 혹은 누나 들을 따라 일어나서는 백현승과 곽두일이 알려 준 체조를 하기 시작했다.

"하나, 둘!"

"하나! 둘!"

"셋, 넷!"

"셋! 넷!"

선창하는 소리에 동생들이 후창하며 팔과 다리를 이리저리 흔들었다.

그런데 다들 어린아이들이라 그런지 체조보다는 율동에 가까웠다.

하지만 그 모습마저도 이춘상의 눈에는 한없이 귀여워 보였다.

"빠른 애들은 벌써 진로를 정한 모양이더라고. 숙수, 사냥꾼, 농사꾼, 어부 등등. 근데 가장 많이 택한 건 쟁자수와 표사더라고. 현승이 이 자식이 은근슬쩍 포섭을 다 해 놨어."

"강요한 건 아니잖아."

"근데 또 영악한 건 사실이니까. 봐 봐, 저게 다 밑밥 깔아놓은 거지. 건강을 핑계로 말이야."

"연구동에 계신 분들도 몇 명을 주시하고 계시더라고."

"제자로?"

"응."

이춘상이 눈을 끔뻑였다.

이런 말은 듣지 못해서였다.

그러나 아이들에게는 너무나 좋은 소식이었다.

학사라고 하나 무당파의 속가제자, 혹은 진산제자가 될 수 있는 기회였으니까.

"잘됐다. 진짜 잘됐어. 나도 아이들이 할 의향만 있다면 본 방의 제자로 받아 주고 싶은데, 거지가 되고 싶어 하는 애들은 없으니까."

"눈에 들어오는 애들은 있고?"

"무재는 중요한 부분이지 절대적인 부분은 아니니까. 네가 증명하기도 했고. 중요한 건 심신의 자질이지."

자질은 육체적인 부분만 포함하지 않았다.

적어도 이춘상은 그렇게 생각했다.

무재는 분명 제자를 받아들임에 있어 아주 중요한 조건이었다.

출발선 자체가 달라지니까.

하지만 무재가 좋다고 해서 꼭 절대고수가 되는 건 아니었다.

비슷하게 절세무공을 익힌다고 해서 반드시 절대고수가 되는 것도 또 아니었고.

'중요한 건 꾸준한 노력이야. 출발선이 뒤처져 있다고 해서 꼭 정점에 늦게 도착하는 건 아니니까.'

한때 재능만능주의에 심취했었던 이춘상이었기에 단순히 무재가 전부가 아님을 알았다.

그걸 증명하는 이가 바로 옆에 있기도 했고 말이다.

하나하나 쌓은 노력은 언젠가 재능을 뛰어넘기도 했다.

처음에는 도저히 넘지 못할 것 같은 벽처럼 느껴질지 모르나 이 세상에 넘지 못할 벽은 없었다.

'포기하는 자만이 있을 뿐이지.'

항간에서는 그와 유하성을 많이 비교했다.

언제나, 앞으로도 그는 유하성에게 가려 이 인자를 벗어나지 못할 것이라고.

그러나 이춘상의 생각은 달랐다.

비록 지금은 유하성이 앞서가지만 나중에는, 죽기 전에는 또 몰랐다.

'끝나기 전까지 끝난 게 아니니까.'

세인들은 그를 만년 이 인자의 운명이라 말하지만 이춘상의 생각은 달랐다.

오히려 유하성이라는 존재가 있기에 더더욱 노력할 수 있었다.

어떻게든 따라잡겠다고, 뛰어넘겠다고 생각하면서 말이다.

인생에서 호적수는 없는 것보다 있는 게 무조건 좋았다.

"무슨 생각을 그렇게 해?"

武當霸王
무당
패왕

"뭐, 이런저런 생각? 우리 경지쯤 되면 사소한 생각이 깨달음과 연결되기도 하니까."

"흐음."

유하성이 미심쩍은 눈빛으로 이춘상을 쳐다봤다.

틀린 말은 아닌데 이춘상이 말하니 이상하게 믿음이 가지 않고 변명처럼 들렸다.

"넌 계속 소향이만 보네?"

"이상하게 자꾸 시선이 가네."

"솔직히 나도 걱정이 많이 되기는 했어. 가장 어리기도 하고 수용소에서 데려올 때 위태위태해 보인 게 사실이었으니까."

수용소의 인원을 전부 다 합치면 이천 명 가까이 됐다.

정확히 세어 보지는 않았으나 대략 그 정도 되는 것으로 보고를 받은 적이 있었다.

그렇게 많은 아이들을 봤음에도 이춘상 역시 한눈에 이소향을 알아봤다.

워낙에 작고 왜소한 아이다 보니 기억에 선명하게 남아 있었던 것이다.

"다행스럽게도 많이 씩씩해졌어."

"그래서 보람을 느끼고 있지. 정말 잘한 일이라고 생각하기도 하고."

"개방의 도움도 컸지. 야생 닭과 사슴, 토끼도 잡아 오고."

"돈은 없지만 몸 쓰는 일에는 일가견이 있으니까."

이춘상이 어깨를 으쓱거렸다.

거지들이다 보니 솔직히 말해 돈은 없었다.

말 그대로 무일푼으로 일평생을 살아가는 게 개방의 거지들이었다.

그러나 대신 개방도들에게는 튼튼한 몸이 있었다.

"사실 우리가 가장 잘 잡는 건 개인데 청정도문에서, 그것도 무당파에서 개를 키우는 건 좀 그렇지. 사실 사육장도 좀 그렇고."

닭장과 가축 사육장은 오로지 아이들의 식단을 위해서였다.

유하성을 비롯해서 속가제자들이 적지 않게 무당산에서 생활한다고 하지만 고기를 매 끼니마다 챙겨 먹는 이는 드물었다.

그런데 거기에 개까지 추가하는 건 정도를 넘는 일이었다.

"개방도가 개를 잘 잡기는 하지."

"오죽했으면 우리 무기가 타구봉이겠어?"

"타구봉법이 꼭 진짜 개만 두들기는 건 아니지만."

"맞아. 흐흐흐."

이춘상과 대화하면서도 유하성의 시선은 이소향에게 향해 있었다.

짧막한 팔다리를 연신 쉬지 않고 움직이는데 놀랍게도 다른 언니, 오빠 들과 달리 버벅거리지 않았다.

묘하게 박자감 있는 움직임으로 체조를 완벽하게 이어 나
갔다.

그런 이소향의 모습에 유하성은 자기도 모르게 시선을 빼
앗겼다.

하루가 멀다 하고 크고 작은 전투가 벌어지는 호남성, 귀
주성과 달리 호북성은 평화로웠다.

무당파와 함께 오대세가의 일원인 제갈세가가 자리를 잡
고 있어서였다.

"방문객들이 많이 늘었습니다, 아가씨."

"그러게요. 초겨울의 무당산은 처음인데 운치 있네요."

수신호위임에도 마부가 되어 마차를 모는 노인의 말에 대
답하며 제갈령령이 눈을 반짝였다.

봄과 여름, 가을의 무당산은 전부 봤는데 겨울의 무당산은
처음이었다.

그런데 꼭 그 이유 때문에 가슴이 설레지만은 않았다.

"기분이 좋으신 것 같습니다."

"이상하게 마음이 편안하네요. 집도 아닌데."

"허허허."

"먼저 온 손님만 없었으면 더 좋았을 텐데 말이죠."

제갈령령이 샐쭉한 표정을 지었다.

이렇게 선수 칠 줄은 몰라서였다.

"그건 저도 의외였습니다. 하지만 중요한 건 결과이지 않겠습니까. 조금 늦게 시작했다고 해서 꼭 실패하는 건 아니니까요."

"맞아요. 인생은 길게 봐야지요. 게다가 저는 몇 발 앞서 있는 게 사실이기도 하고."

제갈령령이 가슴을 쭉 내밀었다.

가장 앞서 있는 건 자신이라고 생각해서였다.

그리고 경쟁자가 없을 거라고는 애초에 생각도 하지 않았다.

거기다 소화(笑花)나 백화(白花)에 비하면 그나마 만만한 상대이기도 했다.

"사랑은 쟁취하는 것입니다. 저는 아가씨를 믿습니다."

"저도 아가씨를 믿어요! 정확하게는 저와 표 대협은 아가씨 편이에요!"

"고마워."

마차에 함께 앉아 있던 소혜가 두 손으로 주먹을 불끈 쥐며 소리쳤다.

그러자 마차를 몰던 표광익도 고개를 크게 끄덕였다.

소혜의 말대로 그 역시 제갈령령의 편이었다.

"저희들도 아가씨 편입니다!"

"필요한 게 있으면 언제라도 말만 하십시오! 무엇이든 하겠습니다!"

표광익에 이어 마차를 호위하던 천공대의 대원들이 우렁차게 소리쳤다.

금와장이 아무리 상계에서 대단하다고 하나 제갈세가 역시 수많은 무림세가들 중에 다섯 손가락 안에 들어가는 가문이었다.

그렇기에 천공대원들은 금와장에 꿀릴 게 전혀 없다고 생각했다.

"모두 고마워요."

"아가씨 곁에는 저희들이 있어요!"

"그래그래."

"제가 확실하게 보조할게요!"

이상할 정도로 의욕이 넘치는 소혜의 모습에 제갈령령이 빙긋 웃었다.

과하기는 한데 이렇게 응원을 해 주니 확실히 힘이 나기는 했다.

"유 대협이십니다."

"아."

그때 표광익이 입을 열었다.

산문 앞에 익숙한 인영이 서 있는 걸 볼 수 있어서였다.

나이는 한참이나 어리지만 강호에서의 명성은 감히 그가 비빌 수 있는 이가 아니었기에 표광익은 자연스럽게 대협이라는 호칭을 사용했다.

"패왕이라는 별호를 얻으셔서 그런가. 저번하고는 분위기가 완전히 달라요."

"더 멋있어지신 것 같네."

"옷은 참 한결같이 그대로인데."

"쿡쿡!"

무당패왕이라는 별호와 어울리지 않게 유하성의 복장은 참으로 소박했다.

고급스러운 무복을 입어도 이상하지 않은데 유하성은 여전히 조금 낡은 청의무복을 입고 있었다.

무당파의 도복과 비슷하지만 확실하게 다른 청의무복을 보며 제갈령령이 환하게 웃었다.

"유 공자님!"

"어서 오십시오."

"환대해 주셔서 감사해요."

다른 이도 아니고 유하성이 직접 마중을 나와 주었다는 사실에 제갈령령은 감격했다.

어떻게 보면 별거 아닌 일이라고 생각할지 모르나 그녀의 생각은 달랐다.

함께 온 표광익과 소혜 역시 같은 생각이었고.

무당패왕이라 불리는 유하성이 이렇게 직접 마중을 나왔다는 건 그만큼 제갈세가를, 제갈령령을 신경 쓴다는 말과도 같았다.

'금와장과는 다르게 말이지.'

제갈세가에 있었음에도 그녀는 무당산의 소식을 속속들이 알고 있었다.

굳이 조사하지 않아도 들리는 게 있어서였다.

금와장에서 일정 부분 흘리는 것도 있었고.

'내미지상이지만 여자는 외모가 전부가 아니니까. 남자처럼 말이지.'

분명 까다로운 상대인 건 맞았다.

그러나 이기지 못할 상대는 전혀 아니었다.

"우선 짐부터 푸시죠."

"타시겠어요?"

"괜찮습니다."

"그럼 저도 경신술로 갈게요."

날듯이 마차에서 내렸던 제갈령령은 정중히 거절하는 유하성의 말에 고민하지 않고 말했다.

사실 오랫동안 마차를 타서 지겨운 것도 있었고 말이다.

또 유하성과 나란히 달리며 산바람을 쐬고 싶은 마음도 있었다.

"가시죠."

"네."

분명 산에서 불어오는 바람은 찬데 이상하게 몸은 따뜻했다.

묘하게 느껴지는 온기에 제갈령령은 맑게 웃으며 유하성과 나란히 경신술을 펼치며 연구동으로 향했다.

무당파 경내에는 연구동 건물보다 더 좋은 숙소들이 꽤 있었지만 제갈령령은 일말의 망설임도 없이 연구동을 택했다.

다른 숙소들이 고풍스러운 건 사실이지만 심적으로 편한 건 역시 연구동이었다.

"저 아이들이군요. 번천회에 희생당한."

"예."

"개인적으로 정말 대단한 결정을 내리셨다고 생각해요. 모두가 미처 생각하지 못한 일인데."

"누군가는 책임져야 한다고 생각했으니까요. 사문이 휘청거릴 정도의 일이었다면 고민했겠지만 장문사형에게 물어보니 그 정도까지는 아니라고 하더라고요. 다른 문파와 무가에서도 도움을 주기도 했고요."

"그래도 중요한 건 시작하는 거죠. 보통은 모르거나 외면하는데."

제갈령령이 안쓰러운 눈빛을 황급히 털어 냈다.

이런 눈빛이 오히려 아이들에게 상처를 준다고 생각해서였다.

아무렇지 않게 대해 주는 게 되레 아이들을 위한 일이었다.

게다가 유하성이 잘 챙겨 줘서 그런지 아이들의 얼굴이 전부 다 밝았다.

"어른들이 저지른 일을 아이들이 책임져서는 안 된다고 생각합니다."

"맞아요."

"평생을 책임질 수는 없겠지만 적어도 스스로의 길을 찾아갈 때까지는 도와주고 싶었습니다."

"정말 좋은 일을 하셨어요. 앞으로도 좋은 본보기가 될 거라고 생각해요."

제갈령령이 존경스러운 눈빛으로 유하성을 바라봤다.

명문이라고 말하는 곳은 무림에 수도 없이 많았다.

하지만 으스대고 거들먹거리기만 할 줄 알지 명문다운 행태를 보이는 곳은 몇 군데 없었다.

그렇기에 제갈령령은 유하성이 존경스러웠다.

높은 곳에서 아래를 살피는 게 정말 쉽지 않은 일임을 잘 알아서였다.

더욱이 유하성은 이제 서른한 살이었다.

'장년이라 할 수 있는 나이지만 겉으로 보기에는 약관이라고 해도 이상하지 않으니까.'

제갈령령이 유하성을 힐끔거렸다.

냉정하게 말해 유하성은 결코 미남이라고 할 수 없었다.

오히려 미남은 함께 다니는 이춘상이었다.

그러나 유하성에게는 친구인 이춘상에게는 없는 묘한 분위기가 있었다.

'품위나 기품과는 다른, 존재감이라고 해야 하나.'

동안은 아니지만 그렇다고 노안은 또 절대 아니었다.

어디에서나 흔하게 볼 수 있는 외모였는데 묘하면서도 독특한 분위기를 가져서인지 이상하게 시선을 끌었다.

'어쩌면 반한 건지도 모르고.'

양 볼을 슬쩍 붉히며 제갈령령이 고개를 돌렸다.

혹시라도 들킬까 싶어서였다.

하지만 그녀는 몰랐다.

마차의 창문을 통해 소혜가 그녀의 모든 행동을 지켜보고 있다는 사실을 말이다.

"오랜만입니다, 제갈 소저."

"안녕하세요, 이 소협님. 잘 지내셨나요?"

"이 친구 따라 나름 활약하고 다녔습죠. 하하핫."

유하성의 처소에는 선객이 있었다.

자신의 방도 아니건만 마치 자기 방처럼 이춘상이 편하게 앉아 있었던 것이다.

그러고는 넉살 좋게 웃으며 인사해 왔다.

"저도 소식 들었어요. 엄청난 활약을 하셨다고."

"에이. 엄청난 정도까지는 아닙니다. 엄청난 건 저 녀석이
죠."

제갈령령의 말에 이춘상이 장난스럽게 웃으며 유하성을
향해 눈짓했다.

번천회와의 전면전에서 활약을 한 건 맞았지만 유하성에
비하면 아무것도 아니었다.

"대단하시긴 했죠. 십천주 중 한 명인 총표파자에 이어 다
른 천주들과 비교해도 뒤떨어지지 않는 귀단문의 소문주도
쓰러뜨리셨으니. 그런데 저는 이 소협께서도 뛰어난 활약을
하셨다고 생각해요. 추노를 잡으셨잖아요."

"설욕을 확실하게 하긴 했죠. 흐흐!"

이춘상이 히죽 웃었다.

다시 생각해도 기분이 좋아서였다.

처음에 싸웠을 때는 솔직히 많이 밀렸었다.

받아 내고 견뎌 내는 데 급급했던 게 사실이었으니까.

하지만 다시 붙었을 때는 달랐다.

압도하지는 못했으나 결과적으로 승리한 건 그였다.

"저는 이 소협도 대단한 활약을 펼치셨다고 생각해요."

"칭찬 감사합니다."

"칭찬이라니요. 사실을 말씀드린 건데."

"이거 참, 술을 드릴 수도 없고. 하하."

민망한 듯 이춘상이 뒷머리를 긁적였다.

아무래도 이런 식의 칭찬은 낯설어서였다.

"죄송해요. 제가 아직 술은 못 배워서요."

"그건 하성이랑 똑같네요. 이 녀석도 술을 못 마시는데."

"난 못 마시는 게 아니라 안 마시는 거야."

"응?"

"어?"

짧은 인사를 마치고 자리에 앉던 이춘상과 제갈령령이 동시에 놀랐다.

그리고 수행원으로 제갈령령의 뒤에 시립한 표광익과 소혜도 놀랐다.

두 사람이 알기로 유하성은 화식도 잘 하지 않는 걸로 유명해서였다.

속가제자이지만 진산제자 못지않게 수행자의 삶을 살아가는 게 유하성인데, 술을 마실 줄 안다고 하자 다들 눈을 동그랗게 떴다.

"사부님과 몇 번 마신 적이 있어. 달을 보면서."

"……진짜?"

"응. 가끔 몸이 진짜 안 좋으실 때 독주를 한 잔씩 하셨거든."

"아……."

이춘상이 탄식을 흘렸다.

어떤 의미로 술을 마셨는지 알 수 있어서였다.

그리고 그건 제갈령령과 표광익, 소혜도 마찬가지였기에 얼굴이 어두워졌다.

유하성과 친분을 쌓고 싶었기에 명운에 대해서는 세 사람 다 어느 정도는 알고 있었다.

"표정이 왜 그래? 이미 지난 일이기도 하고, 고통스러워하시긴 했어도 힘들어하시진 않으셨어. 오히려 노력의 결과라며 자랑스러워하셨지. 보는 나야 힘들었지만."

"너야 아무렇지 않겠지만 듣는 우리는 다를 수밖에 없지."

"아, 그런가? 근데 지금 와서 생각해 보면 그것도 추억이더라고."

"어쨌든 그때 같이 마셨겠구만."

"응. 혼자서는 적적하다고 하셔서."

이춘상이 이해했다는 듯이 고개를 주억거렸다.

확실히 사부인 명운이 권하는 술이라면 제아무리 유하성이라도 받을 수밖에 없었을 터였다.

사부를 끔찍하게 생각하는 게 유하성이니까.

다른 이들은 모르지만 이춘상은 유하성이 매일 명운의 무덤에 간다는 사실을 알고 있었다.

"근데 그건 달리 말하면 사부님 정도가 아니면 누가 술을 권해도 절대 마시지 않겠다는 뜻 아닌가?"

"몇 번 마신 적은 있어도 개인적으로 즐기지는 않으니까."

"나는 술병을 꺼내자마자 까이겠는데."

"호호호."

장담하는 이춘상의 말에 제갈령령이 손으로 입을 가리며 웃었다.

그녀 역시 같은 생각이었기 때문이다.

"넌 평생 마실 술을 이미 다 마시지 않았어?"

"그럴 리가. 원래 사람도 술처럼 세월에 익어 가는 거야. 젊었을 때 마신 술과 나이 들어서 마시는 술은 맛이 달라. 똑같은 사람이 만든 술이라고 해도 말이지."

"그냥 술 만드는 장인의 실력이 달라서 그런 거 아닐까? 혹은 같은 시기에 만들어졌어도 세월의 흐름에 따라 맛이 변하거나."

"절대 그렇지 않아. 이건 사부님의 말씀이기도 해."

이춘상이 단호하게 고개를 저었다.

주도(酒道)에 한해서는 여기 있는 누구보다 해박한 게 자신이었다.

그리고 가장 많이 마셨다고 자부할 수 있었다.

"뭐, 네가 그렇다면 그런 거겠지."

유하성은 순순히 인정했다.

무공이라면 모르겠으나 술에 한해서는 이춘상이 전문가인

게 맞았다.

당장 사부가 취선(醉仙)이지 않던가.

술에 관해서는 여기 있는 이들 중에 가장 잘 알 터였다.

"나중에 기회가 되면 같이 한잔해요. 저도 이제 술을 마셔도 되는 나이거든요. 아버지께서는 별로 좋아하지 않으시지만요."

"흐흐흐."

은근히 유혹하는 제갈령령의 말에 이춘상이 음흉하게 웃었다.

저 안에 담긴 의미를 그는 단박에 알아차린 것이었다.

그래서 소혜의 눈빛이 아니더라도 끼어들 생각은 없었다.

다만 웃음소리 자체가 두 사람의 대화에 끼어든 것이나 다름없었다.

"왜 웃어?"

"그냥. 흐흐흐!"

똑똑똑.

눈썹을 씰룩이며 부담스러운 눈빛을 보내오는 이춘상의 모습에 유하성이 고개를 절레절레 저을 때 누군가가 찾아왔다.

인기척과 함께 문을 두드리는 소리가 들렸던 것이다.

"저예요, 유 공자님."

"황 소저?"

"네. 주성이하고 같이 왔어요. 들어가도 될까요?"

"들어오시죠."

갑작스러운 방문이었으나 유하성은 이내 놀란 표정을 가다듬었다.

연구동에서 머물고 있으니 손님이 왔다는 걸 모를 리 없어서였다.

거기다 서로 안면이 없는 것도 아니기에 유하성은 자리에서 일어났다.

"오랜만이네요."

이윽고 문이 열리며 황주연과 황주성이 모습을 드러냈다.

그런데 황주연의 등장에 제갈령령의 눈빛이 창졸간에 날카로워졌다.

어째서 지금 황주연이 찾아왔는지 그녀는 모르지 않아서였다.

게다가 남동생까지 대동했기에 명분은 충분했다.

'의외로 까다롭단 말이지.'

제갈령령이 빠르게 눈빛과 표정을 가다듬으며 속으로 생각했다.

상계에 있어서 그런지 확실히 무림세가의 여식과는 결이 살짝 달랐다.

"안녕하세요!"

"반가워요, 황 소저. 그리고 황 공자."

"헤헤헤!"

따뜻하게 반겨 주는 제갈령령의 인사에 황주성이 활짝 웃었다.

예쁘장한 누나가 웃으며 반겨 주자 기분이 좋아졌던 것이다.

그러다가 황주성은 이내 정신을 퍼뜩 차리고는 유하성과 이춘상을 향해 공손히 머리를 숙였다.

"안녕하세요!"

"그래. 밥은 잘 먹었고?"

"네! 닭들 모이도 주고 토끼랑 멧돼지 새끼들이랑 술래잡기했어요!"

유하성의 말에 황주성이 신나서 대답했다.

집만큼 편하기도 했지만 확실히 무당산은 재미있었다.

강제하는 사람도 없었고 말이다.

황주성은 그게 너무나 좋았다.

"술래잡기라고 할 수 있나. 걔들은 생존이 걸린 문제인데."

"죽이는 것도 아닌데 뭐 어때. 가축들도 운동은 필요해."

"하긴. 근육이 적당히 있어야 뜯는 맛이 있지."

"헙!"

유하성과 이춘상의 대화에 황주성이 빈자리에 앉다 말고 깜짝 놀랐다.

귀엽기 짝이 없는 토끼를 잡아먹는다는 말에 충격을 받은 것이었다.

"뭘 그렇게 놀라? 토끼구이 안 먹어 봤어?"

"어, 안 먹어 본 거 같아요."

"하긴. 네가 토끼를 잡아먹을 일이 있었을까. 금와장의 후계자인데."

곰곰이 생각하다가 대답하는 황주성의 모습에 이춘상이 납득했다.

다른 이도 아니고 금와장의 후계자가 될지도 모르는 이가 황주성이었다.

사실 황만덕이 황주성을 이곳에 보낸 것도 말이 안 되는 일이었다.

전면전에서 중원수호맹이 이겼다고 하나 아직 전쟁이 끝난 건 아니었다.

십천 중 다섯 곳이 건재했고, 철기방과 녹림십팔채, 천하수로채의 전력도 남아 있는 상태였다.

물론 다른 곳도 아니고 무당파이니만큼 안전이 어느 정도 확보된 상태이지만 그렇다고 또 안심할 수 있는 상태는 아니었다.

"맛있어요?"

"글쎄. 토끼구이는 보통 맛 때문에 먹는 게 아니라서. 먹을 게 없으니까 사냥하는 거지."

"으음!"

황주성의 표정이 복잡해졌다.

맛이 궁금하면서도 어떻게 귀여운 토끼를 잡아먹지, 하는 자멸감이 동시에 떠오른 듯했다.

"오셨다는 이야기는 들었어요."

"유 공자님께 전해 드릴 게 있어서요."

한편 시시덕거리는 남자들과 달리 여인들의 대화에서는 찬바람이 쌩쌩 불었다.

둘 다 얼굴은 웃고 있는데 분위기는 완전히 달랐다.

겉보기에는 평범하게 대화를 나누는 듯했으나 실상은 그렇지 않았다.

두 여인 다 날카로운 눈빛으로 상대를 응시했던 것이다.

"전해 드릴 것이요?"

"네. 장주님께서 보내신 서신이 있거든요."

"그럼 볼일은 다 끝난 거 아닌가요? 금와장의 입장을 생각하면 무당산에 머무는 게 썩 좋은 결정은 아닐 텐데요?"

제갈령령이 부드러운 어조로 말했다.

그러나 그 안에 담긴 의미는 날카롭다 못해 매서웠다.

한데 황주연도 만만치 않았다.

"꼭 무림과 상계의 일이라 구분하기 힘든 문제라서요."

"그런가요."

교묘하게 대답을 피하면서도 의지만은 확실하게 드러내는

황주연의 대답에 제갈령령이 찻잔을 들어 올렸다.

몇 마디 나누지 않았는데 이상하게 목이 말라 와서였다.

하지만 초조하거나 당황한 건 절대 아니었다.

처음부터 이럴 거라 예상했기에 놀랄 것도, 당혹스러울 것도 없었다.

"그보다 의외네요. 제갈 소저께서 이렇게 직접 찾아오실 줄은. 제가 알기론 많이 바쁘시다고 들었거든요."

"사실이에요. 아무래도 전쟁이 아직 끝나지 않았으니까요. 입은 피해를 복구하는 중이죠. 그런데 저도 유 공자님께 드릴 말씀이 있어서요."

훅 치고 들어오는 공격에도 제갈령령은 부드럽게 응수했다.

이 정도 공격은 그녀에게 있어 아무것도 아니었다.

"드릴 말씀이요?"

"네. 정확하게는 유 공자님과 관계된 내용이라 말씀은 못 드리겠네요. 어떻게 보면 사적인 부분이라고 할 수 있어서."

"으음!"

황주연의 얼굴이 순간 굳어졌다.

사적인 부분이라는 표현이 묘하게 신경에 거슬려서였다.

마치 나는 네 생각을 다 알고 있다는 듯이 말하는 듯했기에 황주연은 순간적으로 표정 관리에 실패했다.

하지만 이내 빠르게 신색을 회복했다.

'애초에 서로의 생각에 대해서는 다 알고 있어.'

황주연은 냉정하게 생각했다.

자신은 물론이고 제갈령령이 이곳 무당산까지 온 이유는 명백했다.

아니, 모르는 이들이 없을 것이었다.

그러니 일희일비할 필요가 없었다.

"그럼 볼일을 다 보시면 금방 떠나시겠네요. 본가로."

"아마 당장은 아닐 거예요. 본가만큼이나 무당산이 안전하기도 하고요. 또 유 공자님이 매몰찬 성격은 아니시라."

"과년한 처녀가 혼자 집 밖에 있는 게 좋지만은 않을 텐데요."

"그건 피차일반 아닌가요?"

팽팽한 신경전이 연이어 펼쳐졌다.

그런데 신기한 건 둘 다 웃고 있다는 점이었다.

어조 역시 날 선 기세가 아니라 나긋나긋했다.

"저는 동생과 같이 와서요."

"응?"

황주연의 말에 제갈령령의 시선이 자신에게 향하자 의젓하게 차를 마시던 황주성이 눈을 동그랗게 떴다.

가만히 차만 마시고 있었을 뿐인데 시선이 집중되자 당황한 것이었다.

게다가 두 여인의 미묘한 신경전을 알지는 못해도 이상한 껜새 정도는 느낄 수 있었기에 마른침을 삼켰다.

"주성이가 무당산에서 수련하는 걸 좋아하기도 하고요. 정확하게는 재미있어한다고나 할까요."

"여기 분위기가 좋아. 집은 좀 꽉 막힌 분위기인데, 여기는 자유로워. 날이 따뜻해지면 다 같이 또 물놀이하고 싶어!"

계곡에서 놀았던 게 기억에 깊게 남은 모양인지 의자에 앉은 채로 황주성이 두 다리를 흔들었다.

떠올리는 것만으로도 즐거운 모양이었다.

"너는 놀이였지만 우리는 수련이었지."

"그럼 저도 수련할게요!"

"넌 노는 게 맞아. 어떻게 보면 그게 수련이기도 하고."

순진무구한 얼굴로 대답하는 황주성을 보며 이춘상이 피식 웃었다.

일곱 살이면 보통 명문세가나 대문파에서는 본격적으로 무공에 입문하는 시기였다.

하지만 황주성은 신분이 달랐기에 꼭 그 기준에 맞출 필요는 없었다.

아직 어린 나이이기도 했고.

'오히려 우리 애들이 너무 조숙한 거지.'

이춘상의 눈동자에 씁쓸함이 서렸다.

눈앞에 있는 황주성이 딱 보통의 일곱 살이었다.

정신적으로 어린 게 아니라 저게 정상이었다.

그래서 이춘상은 아이들을 떠올리면 입맛이 썼다.

"금와장에서 황 소저가 하는 일이 제법 많다고 들었는데요?"

"이곳에서도 충분히 가능합니다. 복건성의 대청표국 일도 제가 관리하고 있고요."

"맡으신 일이 많으시군요."

"그래서 당분간은 무당산에 머물 계획입니다. 장주님께서도 허락하셨고요."

"맞아요!"

등을 쓰다듬는 황주연의 손길에 황주성이 맑은 눈빛으로 대답했다.

황주연의 속내는 전혀 모른다는 듯이 말이다.

"황 소저와는 꽤 오래 같이 있겠네요. 저도 당분간은 이곳에 머물 계획이라."

찌릿!

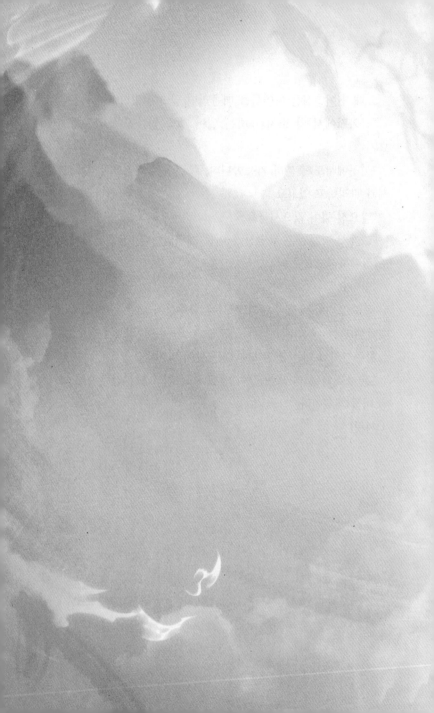

제57장 인연은 운명이 되고

여유로운 제갈령령의 말과 표정에 황주연의 눈빛이 예리해졌다.

설마하니 이렇게 저돌적으로 나올 줄은 몰라서였다.

비록 제갈세가가 남궁세가, 사천당가에 비하면 살짝 부족한 감이 없지 않아 있지만 그래도 천하오대세가 중 한 곳이었다.

수많은 명문세가 중에서 다섯 손가락 안에 꼽히는 가문이 제갈세가인데 이렇게 직설적으로 자신의 감정과 생각을 드러내자 황주연은 믿기지 않았다.

'똑똑한 사람이 아무 생각 없이 말했을 리도 없고.'

미모는 무림삼화에 비해 떨어졌지만 그건 비교 대상이 무림삼화라서 그렇지 제갈령령의 외모 역시 크게 부족하지는 않았다.

흔히 말하는 지성과 미모를 겸비한 여인이 바로 제갈령령이었기에 황주연은 역시나 만만치 않다고 생각했다.

'하지만 남궁희수와 서문예지에 비하면 할 만해.'

제갈령령이 강적이라는 건 황주연도 익히 알고 있었다.

그러나 무림삼화 중 둘인 소화와 백화에 비하면 해 볼 만한 것 또한 사실이었다.

눈치로 보아 의외로 유하성과 친분이 깊어 보였으나 가문으로 따지자면 자신 역시 꿀리지 않았다.

무공의 수준은 낮았으나 대신 그녀는 상계에 밝았다.

'내가 가장 잘하는 걸로.'

황주연은 눈을 빛냈다.

지금은 유하성이 무당산에서 머물고 있지만 언제까지고 이곳에 있을 거라고는 생각하지 않았다.

진산제자라면 모를까 유하성은 속가제자였다.

언제든지 무당산을 떠날 수 있었고, 새로 자리를 잡을 때 분명히 자신과 금와장이 도움을 줄 수 있었다.

'복건성의 대청표국과도 연이 맺어져 있고.'

괜히 대청표국과 백현승에게 투자한 게 아니었다.

황만덕은 천하제일의 장사꾼이었다.

손해 보는 선택은 절대 하지 않았다.

무당
패왕
武當霸王

모든 걸 다 계산하고서 밑그림을 그렸고, 그 밑그림의 핵심은 누가 뭐래도 유하성이었다.

"다행이네요. 주성이가 있긴 하지만 그래도 여자는 저 혼자라 적적했는데."

"심심하지는 않겠죠?"

"그러게요."

"제가 좀 바빠질 예정이긴 한데, 그래도 황 소저, 황 공자와 담소를 나눌 시간은 있을 거예요."

"바빠질 예정이라고요?"

차분한 신색으로 찻잔을 들어 올리던 황주연이 의아한 표정을 지었다.

무당산에서 제갈령령이 바빠질 만한 일이 있나 싶어서였다.

그런데 그 반문에 제갈령령이 의미심장하게 웃었다.

"네. 제가 나름 재주가 많아서 아이들에게 이것저것 가르치려고 하거든요. 무당파의 진인들께서 천자문을 가르쳐 주고 계신다고 들었는데, 제가 그것에 이어서 글공부를 시키려고요. 금기서화에도 일가견이 있어서 다양하게 재능을 확인해 볼 생각이에요."

"그거라면 저도 조금은 도움이 될 수 있을 것 같네요."

황주연의 눈이 빛났다.

금기서화라면 그녀 역시 꽤나 수준 높게 배워서였다.

무공은 자신 없지만 이런 일이라면 황주연도 일가견이 있었다.

"도와주시게요?"

"물론이죠. 겸사겸사 주성이도 가르치고요."

"켁!"

자연스럽게 자신을 물고 늘어지는 누나의 발언에 잠자코 있던 황주성이 차를 마시다가 사레가 들렸다.

자유분방하게 놀 궁리만 하고 있었는데 황주연이 데리고 서 가르치겠다고 하자 황주성은 흔들리는 눈동자로 이춘상과 유하성을 바라봤다.

자신을 구해 달라는 무언의 구원 요청이었다.

"어렸을 때는 다양한 경험을 하는 게 좋지."

"맞아."

"우리 애들은 너무 생계만 생각하는 경향이 있어."

"그것도 맞고."

유하성이 이춘상의 말에 맞장구를 쳤다.

그러면서 새삼 두 여인이 나름 준비를 많이 했다는 걸 깨달았다.

명가의 여식이라 그런지 다들 계획이 있었다.

"그러니 잘 부탁드립니다, 두 분."

"최선을 다할게요."

"저도 열심히 하겠습니다."

이춘상이 어울리지 않게 정중히 부탁했다.

그러자 제갈령령과 황주연도 공손하게 대답했다.

평소에는 한없이 가벼운 언행을 하는 이춘상이었으나 그의 신분은 개방의 후계자였다.

그것도 하나뿐인 후개였기에 두 여인 다 깍듯하게 예의를 다했다.

"뭐야? 네 자식처럼 말하는데?"

"반은 내 자식이나 다름없지. 너하고 같이 구하고, 총단에서 여기까지 데려왔는데. 마음으로 낳은 느낌이라고나 할까."

"자식도 안 낳아 본 녀석이 무슨 소리야."

"꼭 낳아 봐야만 아냐? 그냥 본능적으로 아는 거야. 부성애나 모성애는."

입술에 침도 바르지 않고 헛소리를 내뱉는 이춘상의 모습에 유하성은 고개를 절레절레 저었다.

더 이상은 상대해 주지 않겠다는 뜻이었다.

그런데 그건 제갈령령과 황주연도 마찬가지라는 듯이 웃으며 자리에서 일어났다.

제갈령령은 짐을 풀기 위해서, 황주연은 예상치 못한 연적의 등장에 계획을 수정하기 위해서 황주성과 함께 몸을 일으켰다.

"그럼 이따 뵈어요, 유 공자님."

"부족한 게 있거나 필요한 게 있으시면 언제라도 말씀해 주시길. 최대한 구해 보겠습니다."

"웬만한 건 본가에서 다 챙겨 와서 괜찮아요. 만약 있다면 말씀드릴게요."

제갈령령이 살짝 아쉬운 표정을 지었다.

갑작스러운 황주연의 방문만 아니었다면 좀 더 심도 깊은 대화를 나누었을 텐데 그러지 못해서였다.

하지만 아쉬운 기색은 잠시뿐이었다.

한동안 무당산에서 머물 예정이기에 기회는 많았다.

"안내해 드릴까요?"

"마음만 받을게요. 길을 모르는 것도 아닌데요. 방은 지난번과 똑같은 곳을 사용하면 되죠?"

"예. 미리 청소해 두었으니 따로 치울 건 없을 겁니다."

"감사합니다."

제갈령령이 싱긋 웃으며 대답했다.

그러자 기다렸다는 듯이 황주연이 끼어들었다.

대화가 얼추 정리되는 듯하자 시기적절하게 입을 연 것이었다.

"저도 나중에 다시 찾아뵐게요. 따로 드릴 말씀이 있어서요."

"알겠습니다."

"그럼."

제갈령령에게 지지 않겠다는 듯이 한마디를 남긴 황주연이 부드러운 미소와 함께 황주성을 이끌었다.

물론 황주성은 좀 더 있고 싶어 했으나 누나의 손길을 거부할 정도의 힘은 없었다.

"어후. 부럽다, 부러워. 양손에 꽃이라니."

세 사람이 방을 나서자 이춘상이 능글맞게 웃으며 말문을 열었다.

놀릴 거리를 제대로 물었다는 표정이었다.

"양손에 꽃은 무슨."

"뭐야? 설마 저 두 사람이 왜 여기까지 찾아왔는지 모른다고 말할 셈인 건 아니겠지? 응? 그런 거지? 아무리 목석이라도 그건 말이 안 돼. 두 사람을 능멸하는 일이라고."

"능멸까지야."

"능멸이지! 사람 마음을 가지고 노는 건데!"

이춘상이 소리를 버럭 질렀다.

말하고 보니 너무나 부러워서였다.

잘생긴 자신은 정작 여인이 꼬이지 않는데 평범하기 짝이 없는 유하성에게는 명문가의 여식들이 벌써부터 침을 바르겠다고 찾아와서였다.

"내가 언제 사람 마음을 가지고 놀았어?"

"애매하게 마음을 표현하는 게 가지고 노는 거야."

"그게 아니라 신중한 거지. 막말로 피차일반 아닌가? 정식으로 혼사에 대해 얘기한 것도 아니고, 만나 보자는 말이 나온 것도 아닌데."

"……그건 그렇지."

이춘상이 한 박자 늦게 수긍했다.

들어 보니 유하성의 말도 일리가 있었다.

정식으로 교제하자는 말을 들었다면 모를까 유하성이 이렇게까지 말한 걸 보면 따로 진전이 있는 건 아닌 듯싶었다.

만약 둘 중 한쪽에 말을 했다면 듣는 쪽은 아무래도 같이 있는 게 부담스러울 수밖에 없는 게 사실이니까.

"혼인은 인륜지대사야. 함부로 결정할 수 있는 문제가 아니지. 당사자들끼리 결정할 수 있는 일도 아니고. 평범한 가문이라면 모를까 둘 다 명문가 출신인데 자기 혼자서 결정을 내리는 건 불가능해."

"그것도 맞지."

이춘상이 고개를 주억거렸다.

다른 곳도 아니고 제갈세가와 금와장이었다.

한쪽은 무림오대세가의 한자리를 차지하고 있는 가문이었고, 금와장은 상계에서 천하제일가의 지위에 있는 명문가였다.

"그러니까 너무 앞서가지 말라고."

"네 말도 맞는데 그래도 어느 정도는 계산을 끝냈을걸? 그러니 딸을 여기로 보내지."

武當霸王
무당
패왕

"근데 그건 두 가문의 생각이니까."

"허어. 콧대 높은 거 보소."

이춘상이 어처구니없다는 표정을 지었다.

이런 식으로 나올 줄은 몰라서였다.

그런데 더 분한 건 반박할 수가 없다는 것이었다.

"의사결정권은 나에게도 있으니까."

"너는 간단하지. 네 결정만 있으면 되는 거 아냐. 부모님
이 계신 건 아니니까. 그렇다고 명천 대협이나 장문인이 반
대할 것 같지는 않고."

"그런 점에서는 좀 자유롭긴 하지."

"근데 의외로 조용하네. 난 남궁세가에서도 반응이 올 거
라고 생각했는데."

이춘상이 턱을 쓰다듬으며 입맛을 다셨다.

그의 예리한 촉이 분명하게 말해 줬었다.

남궁세가 역시 유하성에게 관심이 있다고 말이다.

용봉회에서 검제가 직접 관심을 드러내기도 했기에 이춘
상은 조금 의외였다.

"아직 전쟁 중이기도 하고, 남궁세가는 다른 선택지도 있
으니까."

"말이 되는 소리를 해라. 너보다 더 좋은 혼처가 어디 있
다고?"

"많지."

유하성은 어깨를 으쓱였다.

이번 전쟁에서 패왕이라는 별호를 얻었지만 다른 후기지수들에 비하면 아무래도 배경이 부족할 수밖에 없었다.

무당파의 제자이기는 하나 속가제자였기에 다른 명문세가의 후기지수들과 비교하면 아무래도 손색이 있었다.

"그건 네 생각이고. 괜히 제갈세가주와 금와장주가 무당산으로 딸을 보냈겠어? 물론 네 말도 이해가 안 가는 건 아냐. 하지만 반대로 말하면 어떤 가문에는 네가 정말 찰떡궁합이기도 해. 예를 들면 사천당가가 있지. 거기는 데릴사위를 아주 좋아하니까."

"하긴."

이춘상의 말도 일리가 있었다.

단점을 어떤 관점으로 보냐에 따라 장점이 되기도 했다.

그러나 이건 말 그대로 일례일 뿐이었다.

"진짜 사천당가 쪽에서도 올 수 있겠는데?"

"밥 잘 먹고 웬 헛소리야?"

"그럴 수도 있다는 거지. 너는 제갈세가와 금와장이 탐내는 무인 아냐? 그러니 사천당가가 나서도 이상할 건 없지."

"헛소리 그만하고 나가자. 애들도 봐줘야 하고 할 일이 많다."

"말 돌리기는."

이춘상이 피식 웃었다.

그러나 더는 놀리지 않았다.

대신 유하성을 따라서 몸을 일으켰다.

🔳

해가 중천에 떠 있는 시각에 황주성은 신기한 눈으로 연무장에 옹기종기 모여 앉아 천자문을 배우고 있는 아이들을 구경했다.

자신은 진즉에 뗀 천자문을 형, 누나 들은 물론이고 친구들과 동생들이 두 눈을 부릅뜨며 집중하고 있었다.

몇 명 정도는 졸 법도 한데 막내인 이소향도 눈을 크게 뜨고 제갈령령의 목소리에 집중했다.

"흐음."

그 모습이 황주성은 너무나 낯설었다.

한창 놀아도 부족할 나이에 저렇게 글공부를 해야 하나 싶어서였다.

하지만 한편으로는 아이들과 자신이 다르다는 걸 느끼고 있었다.

아니, 모르는 게 이상했다.

"무슨 생각을 해?"

"어, 내가 좋은 집에서 태어났구나?"

"그게 다야?"

언제 다가왔는지 옆에서 인기척과 함께 황주연의 목소리
가 들렸다.

그래서 굳이 보지 않아도 황주성은 누나가 온 걸 알았다.

"부모님에 대한 감사함도 느끼고, 나와는 다르다는 것도
느끼고."

"많이 처절하지?"

"응."

"왜 저렇게까지 하는지는 알겠어?"

"부모님이 안 계셔서?"

덩치는 또래보다 컸지만 생각하는 건 딱 일곱 살이었다.

그러나 그게 이상하다고 생각하지는 않았다.

부족함 없이 살아온 황주성에게는 오히려 이게 당연한 것
이었다.

그래서 처절하게 뭐든지 하려고 하는 아이들의 모습에서
느끼는 게 있는 거고.

"맞아. 하지만 더 큰 이유는 지금 당장 스스로의 길을 찾
아야 하기 때문이야. 다섯 살이건 열두 살이건, 똑같이 앞으
로 뭘 해서, 어떻게 해서 먹고살 건지를 선택해야 해."

"으음!"

황주성의 표정이 심각해졌다.

그로서는 지금껏 단 한 번도 고민해 보지 않은 사안이어서
였다.

"네 말대로 저 아이들에게는 부모가 없으니까. 가족도, 친척도, 아무도 없이 오직 혼자뿐이야. 만약 유 공자님과 무당파가 거두어 주지 않았다면 길거리를 전전했을 거야."

"아."

황주성의 눈동자에 안타까움이 서렸다.

나이는 어려도 눈과 귀가 있는 건 똑같았다.

그렇기에 무당산으로 오면서 황주성은 길거리를 전전하는 정말 많은 아이들, 또래들을 봤었다.

"누구는 저렇게 죽어라 노력을 해도 인생이 바뀌지 않아. 타고난 신분은 그만큼 삶에 끼치는 영향이 크단다."

"나는 정말 운이 좋았네. 만약 내가 금와장에서 태어나지 못했다면……."

"지금과는 많이 달랐겠지? 지금처럼 좋은 옷, 좋은 음식은 보지도 못했을 거야."

냉정하지만 이게 현실이었다.

그리고 그건 그녀 역시 마찬가지였다.

만약 금와장이 아닌 평범한 농가의 딸로 태어났다면 황주연도 농장에서 일을 하고 있었을 터였다.

아니면 시집을 갔거나.

"나도 열심히 살아야겠어."

"애들이 많이 부지런하지?"

"응. 늦잠을 자고 싶을 텐데도 새벽같이 일어나."

처음에 황주성은 아이들이 새벽에 일어나는 걸 몰랐다.

평소대로 자고 싶은 만큼 늦잠을 자서였다.

그러다가 이상하게 일찍 하루를 시작하는 아이들의 모습에 황주성도 관찰하다가 어느 날은 일과를 똑같이 따라 했다.

그리고 다음 날 기절했다.

전신에 알이 배겨서 꼼짝도 할 수 없어서였다.

나름 무공에 입문한 상태지만 평소에 사용하지 않는 근육을 사용해서 그런지 움직이고 싶어도 움직일 수가 없었다.

"치열하게 살아야지만 먹고살 수가 있으니까."

"정말 대단한 거 같아."

"그걸 알면 됐어."

"나도 앞으로는 더 열심히 할 거야. 꾀부리지 않고, 투정부리지 않고."

아이들을 보며 황주성은 정말 많은 걸 느꼈다.

자신이 얼마나 좋은 집안과 환경 속에서 태어나고 살아왔는지 말이다.

어리광과 투정도 여유가 있을 때나 부릴 수 있는 것이었다.

생존이 걸려 있다면 어리광과 투정을 부릴 새가 없었다.

"또 작심삼일 아냐?"

"아니거든! 이번에는 진짜 마음먹었어! 나도 열심히 할 거야! 그러지 않으면 따라잡힐 테니까."

황주성이 주먹을 옴팡지게 쥐었다.

쟁자수부터 시작해 표사가 되겠다고 한 형들은 이미 내공 심법을 익힌 상태였다.

대청표국의 무공에 입문한 것이었다.

물론 익히는 무공의 수준이 다르긴 하나 하수들의 싸움은 내공과 무공보다는 어떻게 싸우느냐에 따라 승패가 갈렸다.

특히나 어릴 때는 신체 조건에 따라 승패가 갈렸기에 안심할 수 없었다.

체급을 뛰어넘을 정도의 내공과 기술이 아니라면 승리하기 힘들었기에 황주성은 경각심을 느꼈다.

"따라잡힌다고?"

"응. 형들이 본격적으로 무공에 입문했어. 지금처럼 설렁설렁 수련하면 금방 따라잡힐 거야."

"넌 무인이 아닌데?"

"나도 무인이야! 무공을 제대로 익혔으니까!"

황주성이 콧김을 내뿜었다.

누나가 그의 자존심을 건드린 것이었다.

물론 황주성도 알았다.

자신이 금와장 출신이며 상인이 되어야 한다는 걸 말이다.

하지만 그렇다고 해서 무인이 아닌 건 아니었다.

게다가 사내대장부로서 지는 건 싫었다.

"그래?"

"당연하지!"

콧김을 씩씩 내뿜는 남동생의 모습에 황주연이 쿡쿡 웃었
다.

늘 방실방실 웃던 황주성에게 이런 승부욕이 있을 줄은 몰
라서였다.

그건 무사부라 할 수 있는 호위무사들도 마찬가지인 듯 다
들 고개를 살짝 돌려서 웃었다.

"그럼 나도 무인인 건가? 기본적인 무공은 익혔으니까."

"누나는 아니지. 건강용으로 익힌 거니까. 무인으로서의
자부심도 없고."

"어머머."

콧대를 세우며 으스대듯 단언하는 황주성의 모습에 황주
연이 어이없다는 표정을 지었다.

틀린 말은 아니었지만 그렇다고 전부 다 받아들일 수는 없
어서였다.

전력을 다해 익히진 않았으나 건성으로 익힌 것도 아니었
다.

"난 이제부터 전심전력으로 익힐 생각이니까. 그러니까
누나는 내가 지켜 줄게."

"참나."

우쭐대는 남동생의 모습에 황주연은 혀를 찼다.

그런데 신기한 건 자신을 지켜 주겠다는 말이 이상하게 기분 좋았다.

진짜 그렇게 되려면 아직 멀었음에도 불구하고 말이다.

"나도 유 공자님 같은 고수가 될 거야. 패왕은 이미 있으니까 권왕 정도면 괜찮을 것 같아."

"으이그. 제대로 수련이나 한 다음에 꿈을 꿔. 말로만 그러지 말고."

"지금 당장부터 보여 주겠어! 나의 의지를!"

"그래그래."

의욕 넘치는 황주성을 향해 황주연이 대충 맞장구를 쳐 주었다.

조금도 기대가 안 된다는 듯이 말이다.

물론 제대로 한다면야 그녀로서도 좋았다.

하지만 냉정하게 말해 길게는 가지 않을 것 같았다.

'되면 좋은 거고.'

호위무사들을 데리고 연무장으로 향하는 황주성의 모습을 지켜보며 황주연이 피식 웃었다.

놀리듯이 말했으나 반은 진심이었다.

아이들처럼 처절하고 절박하게까지는 아니더라도 매일 꾸준히 수련만 해도 실력은 쑥쑥 늘 게 분명했다.

저 다짐이 오래간다면 그것도 좋았고.

"일단 첫 번째 목표는 달성했으니까."

머리로 아는 것과 직접 체감하는 건 엄연히 달랐다.

그걸 너무나 잘 알았기에 황만덕은 황주성을 이곳에 보냈다.

직접 보고, 느껴 보라고 말이다.

"얼마나 갈지는 모르겠지만, 그래도 일단 마음을 먹은 게 중요하니까."

황주연이 싱긋 웃었다.

나이가 어린 만큼 변덕 역시 심하지만 이곳에는 남동생에게 자극을 줄 사람들이 많았다.

그러니 작심삼일이라고 해도 하루 쉬고 다시 다짐하고, 또 포기해도 다시 시작하면 되었다.

자신도 계속 황주성의 곁에 있을 거고 말이다.

"이제는 내 일에 집중하면 되겠어."

황주연이 묘한 시선으로 따뜻하게 웃으며 아이들을 가르치는 제갈령령을 응시했다.

똑똑똑.

"저예요, 유 공자님."

"들어오시죠."

일과를 마치고 아이들이 잠자리에 든 야심한 시각에 제갈령령이 유하성의 처소를 찾았다.

그러나 제갈령령의 방문에도 유하성은 당황하지 않았다.

미리 약속을 잡았기에 놀랄 게 없어서였다.

"제가 폐를 끼친 건 아니죠?"

"예. 아직 잘 시간이 아니거든요."

"늦게 잠자리에 드시나 봐요?"

"빈둥대는 것처럼 보여도 나름 할 일이 많습니다."

"에이. 아무도 그렇게 생각 안 해요."

유하성의 농담에 제갈령령이 빙긋 웃었다.

누구보다 바쁜 사람이 유하성이라는 걸 그녀는 잘 알아서
였다.

지금이야 그녀와 황주연이 번갈아 가며 아이들을 가르친
다지만 두 사람이 오기 전에는 유하성과 이춘상, 원상과 원
호가 돌아가며 아이들을 가르쳤었다.

"제갈 소저와 황 소저 덕분에 정말 많이 편해졌습니다. 감
사합니다."

"솔직히 말해 감사 인사를 받을 정도는 아닌 것 같아요.
엄청 대단한 일도 아닌데."

"아이들에게는 흔치 않은 기회이지 않습니까. 할 수 있는
것과 해 주는 것은 엄연히 다르니까요."

"제 얼굴에 너무 금칠을 해 주시는 것 같은데요?"

제갈령령이 민망하다는 듯이 웃었다.

무슨 의미인지는 알겠으나 그렇다고 해도 너무 띄워 주는 것 같아서였다.

"아이들도 말을 안 해서 그렇지 다들 제갈 소저와 황 소저께 감사해하고 있습니다."

"말 잘 하던데요? 예의도 바르고, 애교도 많고. 보고서로 받은 내용과는 많이 달라서 솔직히 좀 놀랐어요."

"아이들이 착하긴 합니다."

"유 공자님과 이 소협의 마음을 잘 알아서 그런 거 같아요. 자기 할 일을 알아서 척척 하는 것도 대견스럽고요."

제갈령령이 청산유수처럼 자연스럽게 말을 이었다.

그리고 그 목소리에는 진심이 담겨 있었다.

"잘 따라와 주니 저로서는 고마울 뿐이죠."

"두 분의 마음을 아이들도 아는 거죠."

"그래서 좀 안쓰럽기도 합니다."

"저도 그랬어요."

유하성과 똑같이 씁쓸한 표정을 지으며 제갈령령이 자리에 앉았다.

다들 착하고, 예의 바르고, 의젓했지만 한편으로는 그래서 더 안타까웠다.

어떻게 해야 하는지를 확실하게 인지하고 있다는 뜻이니까.

하지만 그건 그 나이대의 아이들이 할 행동이 아니었다.

"한 잔 받으시죠."

"날씨가 많이 쌀쌀해졌어요."

"곧 겨울이니까요."

미리 데워 둔 차호를 들어 유하성은 따뜻한 차를 따라 주었다.

무당산에서 자라는 찻잎으로 만든 차로 오직 이곳에서만 마실 수 있는 차였다.

물론 그렇다고 해서 고급 품종은 절대 아니었다.

"은은하니 좋네요. 차는 신기한 게 같은 품종이라도 지역에 따라 맛이 미묘하게 다른 게 참 재미있어요."

"자연의 신비라고 생각합니다."

"사실 조금 기대했어요. 오늘은 유 공자님께 술을 배울 수 있지는 않을까 하고."

"쿨럭!"

생각지도 못한 말에 유하성이 기침을 했다.

당황해서 사레가 들렸던 것이다.

"괜찮으세요?"

"아, 네. 괜찮습니다."

그 모습에 제갈령령도 놀랐다.

별거 아닌 농담에 이렇게나 크게 놀랄 줄은 몰라서였다.

"그렇게 깜짝 놀랄 만한 일인가요?"

"정말 생각지도 못한 말이어서요."

유하성이 쓴웃음을 지었다.

그 정도로 유하성은 정말 크게 놀랐었다.

"하긴. 저하고는 좀 안 어울리는 발언이기는 했죠?"

"어울리고 안 어울리고의 문제가 아니라 예상 밖의 말이라서. 감사합니다."

혀를 쏙 내밀며 말하던 제갈령령이 품속에서 하얀 손수건을 꺼냈다.

기침이 멈추기는 했으나 그래도 혹시 몰라서였다.

그래서인지 유하성도 그녀의 손수건을 거절하지 않았다.

"제가 너무 진지했었나 봐요. 이 정도 농담에 당황하시는 걸 보면."

"다음에는 크게 안 놀랄 것 같습니다."

"그럼 그때는 진짜 술 한잔하는 건가요?"

"원하신다면야."

"단둘이서요."

제갈령령이 싱긋 웃었다.

이게 가장 중요하다는 듯이 말이다.

그런데 미소 짓는 그녀의 양쪽 귓불이 살짝 붉어져 있었다.

아무렇지 않은 척했지만 실상은 다른 것이었다.

"기회가 된다면요."

"여지가 있는 대답이네요."

용기를 내었음에도 불구하고 만족스럽지 않은 답변에 제갈령령이 살짝 서운한 기색을 내비쳤다.

여자로서 큰 용기를 냈는데 결과가 너무 미적지근한 거 같아서였다.

'이게 아닌가?'

똑똑하고 영리한 제갈령령이지만 연애 경험은 그리 많지 않았다.

고백은 많이 받았으나 실제로 교제한 적은 없었다.

이런저런 말은 많이 들었지만 말이다.

"지금은 술도 없지 않습니까."

"그런 의미인가요?"

"또 술은 부모님이나 사부님께 배우는 게 가장 좋기도 하고요."

"흐음."

애매한 대답에 제갈령령이 눈을 흘겼다.

못 이긴 척 넘어와도 되는데 그렇게 하지 않아서였다.

하지만 한편으로는 이런 모습에 더 마음이 기울었다.

여자가 유혹한다고 해서 쉽게 넘어가지 않는다는 걸 뜻했으니까.

"오늘은 차로 만족하시죠."

"썩 마음에 드는 대답은 아니지만, 어쩔 수 없죠. 아쉬운 쪽은 저이니까."

"아쉬운 쪽이라니요."

"결정권은 유 공자님이 가지고 계시니까요. 그러니 마음의 준비가 되면 언제라도 말씀해 주세요."

"하하하."

오늘따라 도발적인 제갈령령의 모습에 유하성이 어색하게 웃었다.

그런데 이 모습이 낯설지는 않았다.

과거 그 앞에서 선전포고할 때도 지금처럼 박력이 넘쳤었다.

"대신 한 가지만 약속해 주세요. 저보다 먼저 황 소저와 술을 마시지는 말아 주세요."

"알겠습니다."

"이건 단번에 결정하시네요?"

"난감한 문제가 아니니까요."

"지금 대답은 참 마음에 드네요. 후후."

일말의 망설임도 없이 나오는 대답에 제갈령령이 만족스러운 미소를 머금었다.

적어도 황주연이 자신보다 앞서 있지는 않은 듯해서였다.

"아까 낮에 저에게 하실 말씀이 있다고 하셨었지요."

"네. 사실 이거 때문에 유 공자님을 찾아온 거나 마찬가지에요. 두 번의 습격, 너무 공교롭다고 생각하지 않으세요?"

제갈령령의 표정이 일변했다.

방금 전의 장난기 서린 표정이 감쪽같이 사라지며 차갑게
변했다.

　그리고 또 한 번 생각지도 못한 말을 꺼냈다.

　"혹시 귀단문의 소문주와 동정귀옹 때를 말씀하시는 건가
요?"

　"유 공자님도 이상하게 생각하고 계셨던 모양이네요?"

　제갈령령이 눈을 동그랗게 떴다.

　지금의 대답에서 유하성도 이상하게 여기고 있었음을 알
수 있어서였다.

　"제갈 소저의 말씀대로 너무 공교로웠던 게 사실이니까
요. 그래서 춘상이와 함께 몰래 조사하고 있었습니다. 아직
성과는 딱히 없습니다만."

　"짐작 가는 곳이 혹시 이곳인가요?"

　스윽.

　제갈령령이 손가락으로 탁자 위에 한 글자를 적었다.

　그런데 그걸 본 유하성이 해연히 놀랐다.

　그와 이춘상이 조사하는 곳과 제갈령령이 말하는 곳이 일
치해서였다.

　"……어떻게 아신 겁니까?"

　"저도 개인적으로 조사한 거라 확실한 증거는 없어요. 다
만 가장 께름칙한 곳을 추려 봤는데 그중에 제일 의심스러운
곳이 이곳이더라고요."

"다른 곳도요?"

"예. 그런데 그곳들은 유 공자님과 크게 연관이 없어서요. 배신에는 여러 가지 이유가 있지만 그중 가장 큰 이유는 역시 누가 뭐래도 원한이죠."

유하성이 말없이 고개를 주억거렸다.

안 그래도 그와 이춘상이 가장 의심하는 이유가 그것이었다.

돈이나 다른 목적도 충분히 정보 유출의 이유가 될 수는 있었으나 위험 부담을 생각하면 선뜻 하기 쉽지 않았다.

게다가 그 대가 역시 생각해야 했고.

"솔직히 말해서 돈이나 다른 것들이 아쉬운 곳은 아니니까요."

"맞습니다."

"근데 물증이 없어요. 당연히 어수룩하게, 어설프게 하지는 않았겠지만 지나칠 정도로 깨끗해요."

"저희도 마찬가지입니다. 심증은 있으나 물증은 없는 상태입니다. 그래서 반대로 이쪽에서 함정도 팠었는데, 실패했습니다."

"수장은 머리가 나빠도 보좌하는 이들은 뛰어날 수 있으니까요."

제갈령령이 입맛을 다셨다.

어떻게 보면 이게 명문의 힘이라고 할 수 있어서였다.

수장이라고 해서 꼭 모든 부분에서 뛰어날 필요는 없었다.

다재다능하다면야 금상첨화겠으나 그렇지 않다면 채워 주는 방법도 있었다.

"그렇긴 하지요. 그런데 의외네요. 제갈 소저께서 조사하고 계셨을 줄은 몰랐는데."

"선의에는 선의로. 도움받은 게 있는데 당연히 도와야지요. 그리고 나중에는 낭군님이 될지도 모르는데."

"쿨럭쿨럭!"

유하성이 다시 한번 기침을 했다.

이번에는 더 크게 사레가 들렸는지 얼굴이 삽시간에 붉어졌다.

"남녀의 인연이라는 게 어떻게 될지 모르잖아요?"

제갈령령이 쿡쿡 웃으며 말했다.

농담처럼 말하지만 그 안에는 진담을 가득 섞어서 말이다.

"재미 들리신 거 같습니다."

"전 진담인데요? 이미 선언도 했고요. 제 마음은 저번과 같아요. 오히려 더 확신이 들었다면 모를까."

다탁 위에서 팔을 괴어 턱을 기대며 제갈령령이 의미심장하게 웃었다.

상반신을 기대며 자연스럽게 유하성에게 가깝게 다가갔던 것이다.

그런데 다탁 위에 인위적으로 얹힌 무언가가 상당히 컸다.

"저는 아직 교제에 대해서 크게 생각이 없습니다."

"알고 있어요. 유 공자님이 할 일이 많다는 것도. 지금 시국이 어떠한지도. 그리고 재고 있지 않다는 것도요. 그래서 저도 재촉할 마음은 없어요. 다만 하나만 알고 계셨으면 해요. 제가 있다는 사실을요."

"그거야……."

"그리고 다른 방법도 있다는 사실을요. 저야 당연히 혼자서 독점하고 싶지만, 그게 힘들다면 다른 방법도 있죠."

유하성의 얼굴이 살짝 붉어졌다.

여인에게서 이런 말을 대놓고 들을 줄은 몰라서였다.

하지만 제갈령령의 표정은 진지했다.

애초에 그녀는 명문세가의 여식으로서 정략결혼이 정해져 있었고, 그 말은 정실이 아니라 첩실로 들어갈 수도 있다는 걸 뜻했다.

"시작도 안 했는데 너무 앞서 생각하시는 것 같습니다."

"어쩔 수 없는걸요. 제가 그렇게 생각하도록 태어나서요. 아니면 지금 시작해도 되고요. 후후후."

제갈령령이 별빛처럼 반짝이는 눈동자로 유하성을 지그시 바라보며 싱긋 웃었다.

은은한 등잔불 때문인지 새하얀 피부가 붉게 물든 것처럼 보였다.

"재능이 있어 보이는 아이들은 있습니까?"

묘한 분위기에 유하성은 화제를 돌렸다.

이런 분위기는 낯설기도 했고, 딱히 할 말이 없어서였다.

"나쁘지 않은 재능을 가진 아이들은 몇 명 있는데, 유 공자님도 아시잖아요. 어중간한 재능으로는 최고가 될 수 없다는 것을요. 꾸준히 노력하면 재능의 벽을 넘을 수 있을지도 모르겠지만 아이들에게 중요한 건 그게 아니니까요."

"중요한 건 먹고살 수 있느냐 하는 거지요."

"어마어마한 재능을 가진 아이는 안타깝게도 보이지 않아요. 적어도 제 역량 안에서는요."

제갈령령이 씁쓸한 표정을 지었다.

누구나 행복하게, 여유롭게 살고 싶어 하기 마련이었다.

그러나 그렇게 살아가는 사람은 정말 소수에 불과했다.

좋아하는 일을 찾았다고 하더라도 그게 생계에 꼭 도움이 되는 것도 아니었고.

"그렇습니까."

"유 공자님께서 걱정하는 건 적성을 찾지 못하는 아이들이죠?"

"맞습니다. 각자가 하고 싶은 일을 찾으면 다행이지만, 그렇지 않은 경우가 대부분이니까요. 모든 아이들을 구제하는 건 불가능하겠지만 적어도 여기에 있는 아이들만큼은 도와주고 싶습니다."

"저도 좀 더 노력해 볼게요. 정 안 되면 먹고살 수 있는 일이라도 찾아볼게요."

제갈령령이 결연한 어조로 말했다.

적어도 입에 풀칠을 할 수 있도록 도와주겠다는 듯이 말이다.

그녀 역시 아이들에게 약간의 책임감을 느끼고 있었기에 유하성에게 말은 하지 않았지만 나름 여기저기 알아보는 중이었다.

따로 생각한 것도 있었고.

"감사합니다."

"저에게도, 아니 정확하게는 본 가에도 책임이 있으니까요. 전쟁이 일어나지 않았다면 이런 일이 애초에 벌어지지 않았을 일이기도 하고. 또 아이들은 잘못이 없죠."

하나같이 밝은 표정이었으나 제갈령령은 알고 있었다.

애써 밝은 얼굴을 유지하고 있다는 사실을 말이다.

또 얼마나 불안에 떨고 있을지도.

그래서 그녀는 더더욱 허투루 할 마음이 없었다.

"모두가 춘상이와 제갈 소저처럼 생각하면 좋을 텐데 말이죠."

"각자의 생각은 다르니까요. 여러 가지 이해관계도 있고. 또 각자의 사정이 다 다르기도 하니까요."

말은 어쩔 수 없다는 듯이 했으나 제갈령령의 표정은 썩 좋지 않았다.

명문이라고 거들먹거리기나 하지 정작 희생이나 봉사에
대해서는 일절 생각하지 않는 몇몇 곳들이 떠올라서였다.

"그러니 우리라도 할 수 있는 걸 해야 하지 않겠습니까."

담담하지만 확고한 어조에 제갈령령이 빙긋이 웃었다.

능력이 없는 이가 이런 말을 했다면 만용이라고 생각했겠
으나 유하성은 아니었다.

굳이 무당파의 도움이 아니더라도 스스로 할 역량이 있었
기에 말에 무게가 실렸다.

더불어 이게 옳은 일이기도 했고.

'역시 내가 선택한 남자라니까.'

차마 입 밖에는 꺼낼 수 없는 한마디를 떠올리며 제갈령령
이 소리 없이 웃었다.

"합! 얍!"

해가 어슴푸레하게 밝아 오는 시간에 오늘도 어김없이 아
이들은 연무장에 모여 다 같이 체조를 했다.

운기토납법, 혹은 내공심법을 연공하고 체조에 들어간 것
이었다.

백현승을 따라 대청표국을 일으키기로 한 몇몇은 심화 과
정이라 할 수 있는 검술이나 창술의 기본기를 수련했다.

그중 유하성은 처음부터 끝까지 오직 한 명만 창문 앞에 서서 주시했다.

"이얍!"

이제는 완연한 겨울이라 입에서 새하얀 입김이 나오는데도 아이들은 추위를 느끼지 못하는 듯 열정적으로 팔다리를 흔들었다.

처음의 어설펐던 동작들이 이제는 절도 있게 바뀐 모습에 유하성은 옅은 미소를 지었다.

발전한 모습을 보니 기분이 좋아졌던 것이다.

하지만 역시나 유하성의 시선을 제일 많이 끄는 건 가장 짧은 팔다리를 가진 이소향이었다.

"잘한다, 잘한다, 소향이!"

"으히힛!"

언니, 오빠 들의 응원을 받으며 이소향이 다부지게 팔다리를 휘둘렀다.

절도가 보이는 언니, 오빠 들과는 달리 여전히 이소향의 움직임은 율동 같았다.

그러나 놀라운 건 단 한 번도 틀리지 않는다는 점이었다.

매일 지켜봤는데 이소향은 지금껏 단 한 번도 틀리지 않았다.

"저것도 재능이지."

열심히, 꾸준히 하는 건 누구나 할 수 있다고 말했다.

하지만 그걸 실제로 실행하는 이들은 얼마 없었다.

오늘은 몸이 피곤해서, 머리가 아파서, 혹은 다른 일이 있어서.

삶은 변수의 연속이기에 예기치 못한 일은 얼마든지 일어날 수 있었다.

그러나 그것까지 대비해서 준비하고, 미리 하는 이들은 별로 없었다.

때문에 유하성은 아이들을 높이 평가했다.

저런 모습이라면 무얼 해도 최소한 먹고살 수 있을 것 같았고.

"흐음."

흐뭇한 얼굴로 이소향과 아이들을 주시하던 유하성의 시선이 한쪽 구석으로 이동했다.

그러자 한 달 전부터 매일같이 나와서 아이들과 같이 수련하는 황주성의 모습이 보였다.

처음에는 작심삼일을 예상했는데 의외로 졸린 표정이긴 하나 매일 참석하고 있었다.

어찌어찌, 근근이 잘 버티는 모습이라고나 할까.

똑똑.

"저 왔어요."

"들어오렴."

단체 수련을 마치고 호위무사들과 함께 개인 수련을 위해 이동하는 황주성을 응시하고 있을 때 문 두드리는 소리와 함께 조심스러운 목소리가 들렸다.

바로 방금 전까지 연무장에서 언니, 오빠 들과 단체 수련을 하던 이소향이었다.

"부르셨다고 들었어요."

"응. 둘이 하고 싶은 말이 있어서. 일단 앉을래?"

"어, 저 땀 냄새가 날 텐데…….."

"괜찮아. 춥지는 않고?"

부드러운 유하성의 목소리에도 이소향은 머뭇거렸다.

이른 아침부터 격렬하게 체조를 했더니 땀이 좀 나서였다.

겨울이라 많이 나지는 않았지만 땀 냄새가 날 정도는 되었기에 이소향은 쭈뼛거렸다.

"괜찮아요. 헤헤."

"일단 이거 덮어. 감기 걸리면 안 되니까."

"감사합니다."

두 손을 앞으로 모으고 고개를 꾸벅 숙이는 이소향의 모습에 유하성은 미소가 절로 나왔다.

그 모습에 이소향도 긴장이 조금은 풀렸는지 이내 활짝 웃으며 의자에 앉았다.

"지금은 안 춥더라도 땀이 마르면서 추울 수도 있으니까 이거 한 잔 마시렴."

"넵!"

유하성이 따라 주는 차를 받으며 이소향이 씩씩하게 대답했다.

그러고는 뜨거운 김이 올라오는 차를 작은 입으로 호호 식힌 후 조심스럽게 들이켰다.

"이제는 얼굴 안 찡그리네?"

"매일 마셔서 적응이 된 거 같아요."

"솔직히 맛은 없지?"

"그래도 몸이 따뜻해져서 좋아요. 헤헤."

처음 무당산에 도착했을 때보다는 확연히 밝아진 표정에 유하성은 마음이 편해졌다.

그의 노력이 조금은 결실을 맺은 것 같아서였다.

"오빠들이 하나둘씩 빠져서 서운하지는 않고?"

"괜찮아요. 다 목표가 있어서 그런 거니까요. 근데 연습한다고 식재료를 버리는 건 좀 아까워요. 겨울이라 낭비하면 안 되는데."

"실수하지 않는 사람은 없어. 모든 일이든 시행착오가 있기 마련이야."

"그래도……."

숙수가 되겠다고 칼질을 연습한다며 온갖 채소들을 썰어 대는 오빠들이 떠오른 모양인지 이소향이 입을 삐죽 내밀었다.

연습한 채소들을 가지고 음식을 만들긴 하지만 초보자의

실력이 뛰어날 리 만무했다.

"소향이는 요즘 뭐가 제일 재미있니?"

"그림 그리는 것도 재미있고, 글 배우는 것도 재미있어요. 아침마다 다 같이 체조하는 것도 재미있고요. 함께해서 다 좋아요. 헤헤."

"체조하는 게 재미있으면 정식으로 무공을 배워 보는 건 어떠니?"

"네?"

따뜻해서 그런지 두 손으로 찻잔을 감싸 쥐고서 유하성의 말을 경청하고 있던 이소향이 두 눈을 동그랗게 떴다.

순간적으로 이게 무슨 말인가 싶어서였다.

"내가 이런 말을 하게 될 줄은 몰랐는데, 내 제자가 될 생각 없니?"

"네에에?!"

가뜩이나 커졌던 이소향의 동공이 더 커졌다.

생각지도 못한 말에 경기하듯 놀랐던 것이다.

동시에 머리가 새하얗게 변했다.

"어, 그 정도로 싫은 거야?"

커진 동공만큼이나 점점 더 벌어지는 입과 새하얗게 변해 가는 안색에 유하성이 쓴웃음을 지었다.

반응을 보아하니 썩 좋아하는 것 같지는 않아서였다.

이춘상은 엄청난 기회, 혹은 인생역전이라는 표현을 했지

무당
패왕 武當霸王

만 그건 사람에 따라 다른 법이었다.

무인이 되고 싶어 하지 않는 이에게 천하제일인이 제안을 해 봤자 의미가 없었다.

"저, 정말이세요?"

"물론이지. 그렇다고 강요하는 건 아냐. 가장 중요한 건 소향이 너의 생각이니까."

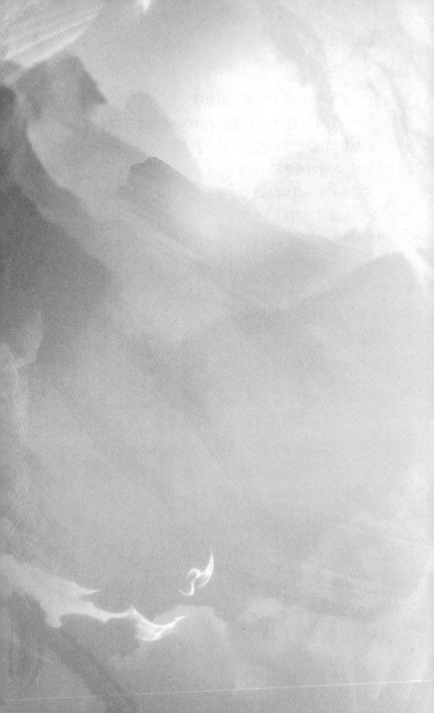

제58장 하나씩 제자리로

이소향의 동공이 흔들렸다.

처음에는 잘못 들은 줄 알았다.

그런데 다시 들어 보니 진짜였다.

하지만 이소향은 혹시 몰라 손을 들어 자신의 볼을 꼬집었다.

"아얏!"

"갑자기 볼은 왜 꼬집어?"

"꾸, 꿈인지 생시인지 확인해 보려고요."

"어떤 거 같아?"

유하성이 피식 웃었다.

대답을 하면서도 손은 여전히 볼을 붙잡고 있어서였다.

떡처럼 쭈욱 늘어지는 볼살만큼 이소향의 한쪽 눈가도 촉촉해지고 있었다.

"생시인 거 같아요."

"언제까지 잡고 있을 거야?"

"아차차!"

뒤늦게 볼을 여전히 잡아당기고 있었다는 걸 깨달은 이소향이 황급히 손가락에 힘을 뺐다.

하지만 이미 볼은 벌겋게 부어오른 상태였다.

"내 말이 그렇게 놀랄 만한 말이었어?"

"네. 정말 꿈에도 생각하지 못한 말이라서요."

두 손을 모은 채로 이소향이 손가락을 꼼지락거렸다.

그러면서 유하성을 힐끔힐끔 쳐다봤다.

"싫다는 건 아니네?"

"어, 어떻게 싫어하겠어요! 제 주제에요. 오히려 너무나 감사하죠. 그런데 제가 유 공자님의 제자가 될 자격이 있을지 모르겠어요……."

이소향이 고개를 푹 숙였다.

솔직한 마음은 너무나 기뻤다.

그러나 한편으로는 걱정도 되었다.

자신이 유하성의 제자가 되어도 되나 싶어서였다.

괜히 누를 끼치는 건 아닐까, 유하성의 무명에 흠이 생기는 건 아닐까 걱정되었다.

또 막상 제자가 되었는데 실망하시면 어떡하나 하는 생각도 들었고.

"네가 왜 자격이 없어. 그리고 내가 아무 생각 없이 이런 말을 했을 거라고 생각하니?"

스윽.

차분한 유하성의 목소리에 이소향이 조심스럽게 고개를 들었다.

왠지 모르게 고개가 본능적으로 올라갔다.

그러자 따스한 눈으로 자신을 바라보는 유하성의 모습이 보였다.

"신분의 격차는 분명히 있어. 하지만 모두가 그 시선으로 사람을 바라보는 건 아냐. 당장 나만 해도 그렇고, 춘상이도 마찬가지지. 소향이도 알겠지만 춘상이는 직업이 없잖아?"

"그, 그렇죠."

"어떻게 보면 가장 낮은 신분에 속하는 게 춘상이지. 그러나 춘상이를 무시하는 사람은 아무도 없어. 즉, 어떻게 살아가느냐에 따라 신분은 얼마든지 달라질 수 있다는 거야. 그리고 소향이는 모르겠지만 난 소향이를 꽤 오랫동안 지켜봐왔단다. 다른 아이들도 마찬가지고. 즉 오랜 고민 끝에 내린 결정이라는 말이야."

"아."

"하지만 가장 중요한 건 소향이의 의사야. 내 제자가 되지 않더라도 나는 소향이가 자신의 인생을 스스로 결정하는 사람이 되었으면 좋겠어. 물론 아직은 이런 말이 어렵겠지만."

조숙하다고 하나 이소향의 나이는 이제 겨우 다섯 살이었다.

여자아이들이 또래 남자아이들보다 말도 잘하고 영리하다고 하지만 그래도 이제 다섯 살이었다.

한 달 반 정도 지나면 해가 바뀐다지만 그래도 한참 어린 나이였다.

"그러니까 충분히 고민하고 결정해도 돼. 거절해도 되고. 거절한다고 해서 달라지는 건 없어. 난 늘 똑같이 소향이를 응원할 거야."

"제가 제자가 되어도 될까요?"

"물론이지."

"실망시켜 드릴 거 같아서……."

"제자의 성취가 느리다고 화를 내는 사부는 없어. 적어도 내가 아는 사람들 중에는. 그리고 사실 나 역시 재능은 없는 편이고."

지레 겁부터 먹은 이소향을 향해 유하성이 빙그레 웃으며 말했다.

사실 그는 이소향과 정반대였다.

길거리 출신이었고, 악과 깡만 있었다.

속가제자라고 하나 청정도문인 무당파와는 정말 어울리지

않는 아이였다.

'하지만 변했지.'

더해서 재능 역시 평범했다.

그렇기에 이름만 장로였던 명운의 제자가 된 것이고.

자질이 뛰어났다면 제아무리 속가제자라고 해도 많은 이들의 관심을 받았을 텐데 유하성은 그러지 못했다.

그러나 유하성은 그게 서운하거나 실망스럽지 않았다.

'오히려 너무나 고맙고, 감사하며, 행복했던 시간이었지.'

명운과 단둘이 있는 시간이 대부분이었지만 지금 와서 생각해 보면 그때만큼 행복했던 시절도 없었다.

당시에는 힘들었었는데 지금은 아니었다.

이제는 추억이 되었고, 다시 돌아갈 수 없었다.

"유 공자님이요?"

"응. 나도 재능은 평범한 편이었어. 다만 노력하는 재능이 있었지. 꾸준히, 포기하지 않고 묵묵히. 그리고 그 재능은 소향이도 가지고 있고."

"제, 제가요?"

조금은 놀람이 가라앉았던 이소향이 다시 두 눈을 크게 떴다.

그런데 그 모습이 너무나 귀여웠다.

황주성처럼 뽀얗거나 새하얀 피부가 아닌, 햇볕에 탄 살짝 갈색빛 피부였으나 유하성에게는 이소향이 훨씬 예쁘고 귀여웠다.

다른 아이들도 마찬가지였고.

"응. 노력이라는 단어는 모두가 쉽게 생각하지만 정말 어려운 거거든. 괜히 어른들이 노력해라 말하는 게 아니야. 물론 노력만으로 모든 걸 바꿀 수 있는 건 아니지만, 그래도 손 놓고 가만히 있는 것보다는 훨씬 낫지. 바뀔 여지가 있다는 뜻이니까."

"헤에."

이소향이 눈을 반짝거렸다.

노력을 이렇게까지 표현하자 신기했던 것이다.

동시에 가슴속에서 무언가가 꿀렁이는 느낌이 들었다.

"바로 대답해 주지 않아도 돼. 충분히 고민해 보고 결정하렴."

"할래요. 저 유 공자님의 제자가 될래요."

"정말?"

"네. 폐가 안 된다면요."

이소향이 고개를 슬그머니 숙였다.

꿈이 아니란 걸 알지만 그래도 아직 믿기지 않았다.

백현승과 곽두일의 선택을 받지도 못한 자신이 유하성의 제자가 된다는 게 말이다.

"고맙구나."

"제, 제가 더 감사합니다."

"그럼 형식적이긴 하지만 그래도 할 건 해야겠지? 혹시 구배지례라고 들어 봤니?"

"네! 오빠들한테 들었어요! 처음 사부님께 올리는 절이라고요. 근데 그냥 하면 되나요?"

의자에서 벌떡 일어난 이소향이 큰 눈을 껌뻑였다.

말로만 들었지 어떻게 해야 하는지 자세히 듣지 못했기에 조심스럽게 물었다.

"응. 말 그대로 형식적인 거니까. 딱히 특별한 건 없어. 예의를 다하면 돼."

"네!"

있어도 유하성은 말할 생각이 없었다.

진짜 형식적인 것이라고 생각해서였다.

그가 처음 사부에게 구배지례를 할 때도 이와 똑같았다.

사부 역시 그에게 많은 걸 바라지 않았다.

스윽. 스윽. 스윽.

따로 말을 해 주지 않았음에도 이소향은 눈치껏 몸을 감싸고 있던 이불을 의자 위에 올려놓고 옷매무새를 정돈했다.

그러고는 유하성의 말대로 정성과 예의를 다해 아홉 번 절하기 시작했다.

어설프기는 해도 한 번 한 번 최선을 다해 구배지례를 올렸다.

"고생했다."

"이제 끝난 건가요?"

"그래. 별거 없지?"

"어, 네."

"앞으로 많이 힘들 거야. 그래도 난 소향이가 잘 버텨 내고 이겨 낼 수 있을 거라고 생각해."

유하성은 솔직하게 말했다.

앞으로 좋은 일도 있겠지만 대부분은 힘든 시간일 터였다.

무공을 수련하는 일은 그런 것이었으니까.

하지만 자신이 그랬던 것처럼 이소향도 나중에 돌이켜 생각해 보면 좋은 시간이었다고, 행복한 시간이었다고 생각하길 바랐다.

"열심히 할게요!"

"그렇다고 무리하지는 말고. 지금처럼만 해도 충분해. 아직은 성장기니까."

"유 공자님의 이름에 먹칠을 하지 않도록 열심히 하겠습니다!"

"사부님."

"아차차. 사, 사부님."

기합이 바짝 들어간 모습으로 소리치던 이소향이 얼굴을 붉히며 앙증맞은 손으로 자신의 입술을 두드렸다.

그러고는 살짝 붉어진 얼굴로 유하성을 힐끔거렸다.

사부님이라는 단어가 낯설기도 하고 입에 붙지 않아서였

다.

"이제부터는 사부님이지. 호칭이 갑자기 바뀌어서 적응이 되지 않겠지만 차차 나아질 거야."

"조심할게요."

"그래. 궁금하거나 물어보고 싶은 건 없니?"

"아, 안아 주시면 안 돼요?"

"이리 오렴."

조심스럽게 입을 여는 이소향을 향해 유하성이 두 팔을 활짝 벌렸다.

그러자 이소향이 얼굴을 붉히며 다가와서는 폭 안겼다.

"헤헤헤."

"앞으로 잘 부탁한다, 소향아."

"저야말로 잘 부탁드려요!"

마치 아빠의 품처럼 따뜻한 유하성의 품 안에서 이소향이 환하게 웃었다.

티 없이 맑은 얼굴로 말이다.

그 모습에 유하성의 가슴도 훈훈해졌다.

끼이익.

유하성은 자신의 방이 아닌 옆방에 들어갔다.

바로 오래전 그의 사부인 명운이 사용하던 방이었다.

작은 단층건물답게 방은 두 개밖에 없었고, 그중 명운의 방은 오랫동안 주인이 없었다.

명운이 죽고 난 후 오직 유하성만이 가끔 들락거리며 청소한 게 다였다.

"언젠가는 누군가 쓰게 될 거라 생각하긴 했지만."

생전에 명운이 사용했던 물건들이 방 안 곳곳에 놓여 있었다.

하지만 그 숫자가 그리 많지는 않았다.

낭비와는 담을 쌓고 살아온, 진짜 수행자의 삶을 살았던 명운이었기에 꼭 필요한 생필품 말고 개인적인 물건은 정말 적었다.

스윽.

유하성은 그중 진짜 유품이라고 할 수 있는 명운의 애검을 조심스레 들었다.

무당파의 제자라면 누구나 받는 송문고검이었다.

성년이 되고서 명운이 받은 검으로 평생 동안 그의 곁을 지킨 검이었다.

보통은 오래되면 오래될수록 아무리 관리를 잘한다고 해도 충격이 누적되어 부러졌다.

웬만한 명검이 아니고서는 오랫동안 사용하기 힘든 게 바로 검이었다.

싸움이 잦을수록 수명은 더더욱 줄어들었고.

그런데 이 검은 달랐다.

스르릉.

명운과 거의 평생을 함께한 검이었기에 유하성은 늘 이 검을 침상 위에 올려 두었다.

사부에게 있어 반쪽, 혹은 반려자나 마찬가지인 존재였기에 명운의 침상을 차지할 자격이 있다고 생각해서였다.

하지만 오늘 이후로는 자리를 옮겨야 했다.

"너는 여전하구나."

지나온 세월을 말해 주듯 검신에는 수많은 흔적이 남아 있었다.

젊은 시절은 물론이고 노년의 명운이 남긴 흔적들이.

사람들은 잘 몰랐지만 명운은 검술에도 조예가 깊었다.

그걸 유하성은 잘 알고 있었다.

착.

주인인 명운은 없었지만 유하성이 주기적으로 잘 관리해 줘서 그런지 여전히 날이 바짝 서 있었다.

그런 명운의 검을 들고서 유하성은 방 안을 정리했다.

오늘부터 새로운 주인이 이 방을 사용할 것이기에 필요한 물품들도 미리 사 와서 채워 놓았다.

똑똑똑.

"사부님. 저 왔어요."

"들어오렴."

"네."

대답과 함께 문이 열리며 이소향이 머리를 빼꼼 내밀었다.

유하성의 처소는 꽤 자주 찾아왔었지만 이 방은 처음이었기에 이소향은 호기심 가득한 표정으로 빠르게 방 안을 둘러봤다.

그런데 유하성의 제자가 되었음에도 이소향의 옷차림은 크게 달라지지 않았다.

평소 입던 옷을 그대로 입고 있었다.

"여기가 앞으로 소향이가 사용할 방이야."

"사조님께서 사용하신 방을 제가 사용해도 될까요?"

엉금엉금 기어 오듯이 느릿하게 다가온 이소향이 눈치를 살피며 물었다.

유하성의 추억이 깃든 방을 감히 자신이 사용해도 되나 싶어서였다.

물론 사부인 유하성과 함께 지내는 건 좋았지만 이 방은 조금 부담스러웠다.

"당연하지. 오히려 사부님께서는 좋아하실걸. 사손이 머무는 거니까. 그리고 물건은 제대로 사용될 때 의미가 있는 거란다."

"아."

"그리고 숙소도 인원 조정이 필요하지? 균현으로 내려간

武當霸王
무당
패왕

아이들도 있으니까."

"네. 이인일실이라 내려간 인원에 맞춰 조정하고 있어요."

백현승을 따라 대청표국에 가기로 한 아이들처럼 몇몇 아이들은 벌써 진로를 정했다.

의원이 되기 위해 균현의 의방에 내려간 아이도 있었고, 자기의 객잔을 차리겠다고 점소이부터 시작하겠다며 내려간 아이들도 있었다.

또 황주연의 도움을 받아 상인이 되겠다며 떠난 아이도 꽤 있었고.

그래서 숙소는 처음과 달리 빈방이 하나둘 늘어나는 중이었다.

"숙소에서 나오는 것이긴 하지만 아예 떠나는 건 아니니까. 일과는 지금과 크게 달라지지 않을 거야. 그러니 부담 가질 것 없단다."

유하성이 걱정할 거 없다는 듯이 말했다.

무엇을 걱정하는지 그라고 모르지 않았다.

제자라고 해서 다른 아이들과 차별할 생각도 없었고 말이다.

'이제는 진짜 형제자매나 마찬가지니까.'

가장 어려운 시기를 함께 겪어서 그런지 아이들의 관계는 친형제, 친자매처럼 끈끈했다.

그리고 떨어져 지내면서도 꾸준히 연락을 주고받고 있었

다.

"헤헤. 사실 아직도 믿기지 않아요. 언니, 오빠 들이 축하
해 줬는데도요."

"사실 나도 그렇단다. 제자가 이렇게 빨리 생길 줄은 몰랐
거든."

"호, 혹시 후회하지는 않으세요?"

"전혀."

이소향이 떨리는 목소리로 말했다.

말은 하지 않았지만 사실 이소향은 꿈도 꿨었다.

유하성이 실수였다고, 없던 일로 하자고 말하는 꿈을 말이
다.

스윽.

"오히려 고마운걸. 소향이를 만나게 되어서."

"아……."

자연스럽게 안아서 들어 올려 주는 유하성의 행동에 이소
향의 얼굴이 붉어졌다.

그러나 거부하지는 않았다.

대신 얌전히 유하성의 품에 안겼다.

어려서 그런지 이런 식의 애정 표현을 이소향은 정말 좋아
했다.

"난 많은 거 안 바라. 잘 먹고, 잘 자고, 지금처럼 쑥쑥 크
면 돼."

"죽을힘을 다해 수련할게요."

"지금은 무리하면 안 된다니까. 건강과 몸을 해치는 수련
은 절대 수련이 아냐. 혹사지. 그리고 그건 곧 주화입마를 부
르고. 그러니 지금은 내가 하라는 대로 하면 돼."

"네! 그건 자신 있어요!"

"후후후."

주먹을 앙증맞게 쥐고 대답하는 이소향의 모습이 귀여워
유하성은 머리를 쓰다듬어 주었다.

그러자 이소향이 강아지처럼 웃었다.

"으힛!"

"일단 내가 생각하기에 필요한 건 다 구비해 두었는데 더
필요한 게 있으면 말해 주렴. 바로 구해 줄 테니."

"어, 더 필요한 건 없는 거 같아요. 지내다가 필요한 게 생
기면 말씀드릴게요."

"그래. 살다 보면 하나둘 느끼게 되니까."

유하성은 이소향을 조심스럽게 내려 주었다.

방을 둘러보라는 의미였다.

그걸 이소향도 알았기에 찬찬히 실내를 둘러보았다.

하지만 유하성의 방처럼 아담했기에 사실 크게 볼 것은 없
었다.

"진짜 아늑한 거 같아요."

"많이 좁지?"

"아뇨. 저에게는 딱인걸요."

이소향이 크게 고개를 저었다.

남들은 작다고 할지 모르나 이소향에게는 아니었다.

오히려 장희순과 같이 쓰는 숙소보다 더 넓었다.

사조께서 사용했던 방이라서 그런지 따뜻한 느낌도 들었고 말이다.

'거기다 사부님이 옆방에 계셔.'

이소향의 양 볼이 살짝 붉어졌다.

사실 방의 크기는 이소향에게 있어 딱히 중요하지 않았다.

숙소보다 더 비좁고, 낡으며, 추레한 곳에서 지냈으니까.

물론 그곳이 싫었던 건 아니었다.

아빠와 언니와 함께 있었기에 지금은 행복한 기억으로 남아 있었다.

하지만 지금은 둘 다 없었기에 이소향에게는 언니, 오빠들과 유하성밖에 없었다.

"필요한 걸 채워 가는 재미도 있으니까. 난 남자기도 하고."

"전 지금도 행복해요."

"그럼 다행이네."

"걱정도 되지만요. 사부님을 실망시켜 드릴까 봐."

"말했지? 포기하지만 않으면 된다고. 그럼 내가 길은 어떻게든 찾아 줄 거야."

유하성이 걱정하지 말라는 듯이 머리를 슥슥 쓰다듬었다.

그러자 이소향이 언제 시무룩해졌냐는 듯이 방긋 웃었다.

새해가 밝기 전 명천과 원일이 돌아왔다.

번천회와의 전쟁이 막바지에 이르자 무당산에 복귀한 것
이었다.

그리고 그 말은 달리 말하면 무율 혼자만으로도 충분하다
는 뜻이기도 했다.

"허어."

무당산에 도착한 명천은 당연하다는 듯이 연구동부터 찾
았다.

자신의 거처보다는 아이들이 머무는 숙소를 가장 먼저 찾
아왔던 것이다.

"여기부터 오신 겁니까?"

"처소에 가 봤자 할 일도 없으니까. 기껏해야 짐만 놓는
게 다지. 나랑 원일이만 오기도 했고."

"오랜만에 뵙습니다, 사숙."

당연하다는 듯이 대답하는 명천의 모습에 원일이 어색하
게 웃었다.

그도 여기부터 올 줄은 몰라서였다.

"사질이 짐은 풀 수 있도록 해 줘야 하지 않겠습니까."

"지금 가면 되지."

뭐가 문제냐는 듯이 되레 반문하는 명천의 모습에 유하성은 헛웃음을 흘렸다.

당당해도 너무 당당해서였다.

그러나 이러는 게 한두 번이 아니었기에 유하성은 한 번 더 실소를 흘리고는 원일에게 눈짓했다.

"그럼 이따 뵙겠습니다, 사숙."

"그래."

명천의 허락이 떨어지자 원일은 그제야 인사하며 몸을 돌렸다.

원로인 명천이야 자기 마음대로 움직여도 되지만 그는 아니었다.

장로들에게 보고할 것도 있었고, 이것저것 할 일이 많았다.

"아, 안녕하세요?"

"아이고. 네가 하성이 제자구나?"

원일이 물러나고 얼마 안 되었을 때 원상과 함께 이소향이 다가왔다.

명천이 온 걸 보고 원상이 눈치껏 이소향을 데려온 것이었다.

그런데 눈에 띄게 반가워하는 명천과 달리 이소향은 낯을

武當霸王
무당패왕

가리며 유하성의 다리 뒤에 몸을 반쯤 숨겼다.

무당파의 큰 어른이었기에 부담스러웠던 것이다.

한데 그 모습마저도 명천에게는 너무나 귀엽게 보였다.

"처, 처음 인사 올립니다. 이소향이라고 해요."

"소향이라. 이름도 얼굴만큼 예쁘구나. 허허허허."

"가, 감사합니다."

자신을 어려워하는 게 훤히 보였으나 명천에게는 그마저도 귀여웠다.

눈에 확 띄는 미모는 아니지만 솔직히 명천에게 외모는 중요하지 않았다.

유하성의 제자가 되었다는 게 중요했다.

"사백조에게 얼굴 좀 제대로 보여 주지 않으련?"

명천이 한쪽 무릎을 굽혔다.

무당검선이자 천하제이인으로 불리는 그가 여아의 얼굴을 보기 위해 눈높이를 맞추는 모습에 원상이 해연히 놀랐다.

이런 모습을 보일 줄은 정말 꿈에도 상상하지 못해서였다.

"죄송합니다. 제가 버릇없게……."

"뭐가 미안하니. 놀라서 그런 건데. 허허. 나는 다 이해한다. 오늘 처음 본 사이인데 당연히 놀라면 그럴 수 있지."

깜짝 놀라서 황급히 걸어 나와 고개를 꾸벅 숙이는 이소향의 모습에 명천이 크게 고개를 저었다.

십 대 후반의 제자라면 모를까 그가 듣기로 이소향의 나이는 겨우 다섯 살이었다.

그것도 또래보다 작은 체구였기에 명천은 절대 버릇없다고 생각하지 않았다.

저 나이대의 아이가 낯을 가리는 건 당연했다.

"다, 다시 인사 올리겠습니다. 이소향이라고 합니다."

유하성의 옆에 나란히 선 이소향이 다시 정식으로 인사했다.

차렷 자세를 하고서 명천을 향해 공손히 허리를 숙였다.

그런데 그 모습에 명천이 할아버지 미소를 지었다.

자식을 낳은 적은 없지만 이상하게 그는 지금 할아버지들의 마음을 알 것 같았다.

"그래그래. 나는 명천이라고 한단다. 소향이에게는 사백조가 되지. 허허허."

명천이 너털웃음을 터뜨렸다.

사손인 이소향을 보는 것만으로도 웃음이 절로 나와서였다.

맑은 눈동자가 특히나 그의 마음에 들었다.

유하성이 어련히 알아서 잘 결정했겠지만 명천이 보기에도 이소향은 참 착해 보였다.

"잘 부탁드립니다, 명천 사백조님."

"나야말로 잘 부탁하마. 내 도움이 필요한 일이 있으면 언제라도 찾아오고. 사부는 무서워도 할아버지는 안 무서운 법이니."

"네, 네!"

인자한 목소리와 표정에 이소향이 큰 눈을 껌뻑이며 대답
했다.

일단은 대답을 해야 할 것 같아서였다.

한데 그 긴장한 모습조차도 명천에게는 깜찍해 보였다.

정작 원상과 유하성이 그를 어떤 눈빛으로 쳐다보는지도
모른 채 말이다.

"소향이는 언니, 오빠 들에게 가 있으렴."

"네, 사부님."

공부 중이었기에 유하성은 인사를 마친 듯하자 이소향을
돌려보냈다.

제자가 되었다고 하나 차별을 할 생각은 없었다.

무공도 중요하지만 그게 인생의 전부는 아니었다.

그렇기에 유하성은 언니, 오빠 들과 함께 보내는 지금의
이 시간을 최대한 즐기게 해 주고 싶었다.

"좋은 아이를 제자로 들였구나."

"고민을 많이 했습니다."

"그럴 테지. 네 성격상 수백, 수천 번은 고민했겠지. 근데
잘 만난 것 같아."

"사백께서 더 좋아하시는 것 같습니다."

"으허허허! 티가 좀 났나? 아무래도 사내자식들만 가르치

다가 여아를 보니 느낌이 많이 달라. 속가제자들 중에는 여자애들도 제법 있었는데 그때하고는 느낌이 완전 다르다고나 할까. 할아버지가 된 것 같은 느낌도 들고."

명천이 히죽 웃었다.

결혼을 하지 못한 그에게 부성애는 알 수 없는 감정이었다.

하물며 손자나 손녀는 더더욱 먼 얘기였다.

그런데 지금은 조금 이해가 되는 것 같기도 했다.

"날이 춥습니다. 들어가시죠."

"그래. 소향이에 대해서 말도 더 해 주고."

"알겠습니다."

원상을 따라 도도도 걸어가는 이소향을 잠시 지켜보던 유하성이 몸을 돌렸다.

하지만 명천은 대답과 달리 이소향이 제자리에 앉을 때까지 지켜본 후에야 발을 뗐다.

"사실 난 네가 제자를 안 들일 줄 알았다. 받아도 최소한 십 년은 지나야 받을 거라 생각했어."

"저도 그렇게 생각했습니다. 그런데 인연이라는 게 있더라고요."

"당연히 있지."

또르륵.

유하성이 따라 주는 차를 받으며 명천이 고개를 주억거렸다.

다만 어리거나 젊을 때는 그걸 느끼지 못할 뿐이었다.

대부분은 지나가고 나서야 그게 인연이었다는 걸 깨달았
다.

"면장과 십단금은 가르치지 않을 생각입니다."

"도적에 올릴 상은 아니야. 여자애에게는 그리 권하지도
않고. 도사의 삶은 솔직히 재미는 없지."

평생을 도사로 살아온 명천이 단언했다.

도사의 삶에 대해 누구보다 잘 알기에 할 수 있는 말이었
다.

그리고 그 정도 나이쯤 되면 도사의 상인지 아닌지 알 수
있었다.

"진무 태극권을 전수하긴 하겠으나 꼭 권법가로 키울 생각
은 없습니다. 검에 소질이 있다면 검을 가르칠 생각입니다."

"너라면 뭐든지 다 잘 가르치겠지. 현승이에게 진무 태극
검을 가르치고 있다며?"

"예."

"곽 표두의 좌수검도 네 솜씨고."

"같이 만들었습니다."

김이 몽글몽글 올라오는 차를 천천히 들이켜며 유하성이
대답했다.

자랑할 정도는 아니라고 생각해서였다.

그러나 명천의 생각은 달랐다.

"듣자 하니 둘 다 보통 수준이 아니라던데?"

"명덕 사백께서 말씀하신 모양이군요."

"허어. 앉아서 천 리를 보네."

확신하듯 말하는 유하성의 모습에 명천이 살짝 놀란 표정을 지었다.

이렇게 단박에 정보 제공자를 알아맞힐 줄은 몰라서였다.

"비청당주이시기도 하고, 그 정도 안목을 가진 사람은 몇 없으니까요."

"그건 어떻게 알았느냐?"

명천이 또 한 번 놀랐다.

명덕이 비청당주인 건 대외비였기 때문이다.

아는 사람이 극히 적은데 유하성이 알고 있자 명천은 진심으로 놀랐다.

"직접 들었습니다."

"명덕에게서? 흐음."

본인에게 직접 들었다고 하자 명천이 턱을 쓰다듬었다.

그러나 깊게 생각하지는 않았다.

그는 더 이상 무당파의 장문인이 아니었고, 명덕이 직접 밝혔다면 그만한 이유가 있었을 터였다.

게다가 유하성이라면 알아도 딱히 문제가 없었다.

"다른 사람에게 말할 생각은 없습니다. 사백께서는 당연히 알고 계실 거라 말한 겁니다."

"당연히 걱정 안 한다. 네 성격을 다 아는데."

명천이 피식 웃었다.

어떻게 보면 유하성에 대해 가장 잘 아는 게 그였다.

명운이 죽을 때 유일하게 찾아온 사람이 명천이었다.

그래서 그는 눈곱만큼도 걱정하지 않았다.

스윽.

이내 아무렇지 않은 얼굴로 차를 홀짝이는 명천에게 유하성은 미리 준비해 두었던 서책 두 권을 꺼내 와서 내밀었다.

바로 면장과 십단금이었다.

"이제는 드릴 때가 된 것 같아서요."

"으음!"

명천의 동공이 일순 흔들렸다.

웬만해서는 놀라지 않는 그가 또다시 놀란 것이었다.

그러고는 흔들리는 눈으로 면장과 십단금이라 쓰인 무공서를 잡았다.

"확인해 보시죠."

멍하니 양손에 두 권의 무공비급을 들고서 바라보던 명천이 유하성의 말에 면장부터 살폈다.

무공에 있어서는 일대종사라고 해도 과언이 아닌 존재가 명천이었기에 대충 훑어만 봐도 그는 알 수 있었다.

지금 손안에 있는 무공서가 완벽한 면장과 십단금이라는 사실을 말이다.

"……고맙다."

"이제는 돌려드릴 때가 되었다고 생각합니다."

제59장 흑풍의 마음을 얻어라!

감격한 명천과 달리 유하성은 담담한 어조로 대답했다.

면장과 십단금은 그의 것이 아니었다.

처음부터 무당파의 것이었다.

단지 사부에 이어 그가 익히고 있었던 것일 뿐.

"작성한 건 이것뿐이더냐?"

"예."

"만들면서 사본도 하나 더 만들지. 혹시 모르니까."

"하나 더요?"

"응. 예비용으로."

명천이 고개를 주억거렸다.

무당파뿐만 아니라 다른 문파들도 사본을 꽤 여러 개 두는 편이었다.

만에 하나 소실될 우려가 있어서였다.

훔쳐 가는 경우도 있지만 태풍이나 산불로 인해 무공서가 소실되는 경우도 왕왕 있었기에 예비용으로 사본을 둘 필요는 있었다.

"다른 사람이 필사를 하면 되지 않겠습니까?"

"이왕이면 처음 작성자가 사본을 만드는 게 좋지. 그리고 면장과 십단금을 볼 정도의 배분이면 너보다 아래인 경우가 드물걸?"

"으음."

유하성이 침음을 흘렸다.

그가 장문인과 같은 배분이라고 하나 십단금과 면장은 무당파를 대표하는 절세신공이었다.

더욱이 현재 익히고 있는 사람은 유하성이 유일했고.

그런 만큼 복원된 면장과 십단금을 열람할 수 있는 배분은 최소 무자배 정도는 되어야 했다.

"장로라고 해도 네가 막내잖아."

"……그렇죠."

"게다가 아무에게나 열람을 허락할 수 없어. 이건 나뿐만 아니라 장문인도 같은 생각일 거다."

"아무래도 그렇겠죠."

유하성은 수긍했다.

무려 이백 년 만에 복원된 무공이 십단금과 면장이었다.

괜히 무요와 무정이 탐을 낸 게 아니었다.

그렇기에 명천은 두 무공을 선뜻 공개할 생각이 없었다.

"더불어 면장과 십단금에 대해 가장 잘 아는 게 너 아니더냐? 그러니 사본을 만들면서 주해와 주석도 좀 달아 놓고. 현재 본 파에서 유일하게 두 무공을 대성한 게 너이지 않더냐."

"대성까지는 아니고 극성 정도는 된 것 같습니다."

"그거나 저거나."

명천은 손을 휘휘 저었다.

대성이나 극성이나 별 차이는 없어서였다.

그렇기에 단어에 연연하지 않았다.

"많이 다릅니다만."

"너나 내 수준에서는 그게 그거지. 안 그래?"

"다르죠. 때론 종이 한 장 차이가 천지 차이처럼 느껴질 때도 있으니까요."

"넌 아니잖아?"

명천이 씨익 웃었다.

아는 사람끼리 왜 그러냐는 표정이었다.

"요즘 들어 더 절절하게 느끼는 중입니다."

"약한 소리는. 그런 말은 최소 몇 년은 정체된 사람이나 해야 하는 말이야. 그런데 넌 해당 사항이 전혀 없어."

"좀 재수 없었습니까?"

"완전."

명천은 고민할 가치도 없다는 듯이 바로 대답했다.

그러면서 과거 자신의 모습을 되돌아 볼 수 있었다.

많은 이들이 자신을 보며 이런 생각을 했을 거라고 말이
다.

그래도 한 가지 다행인 점은 유하성이 거만을 떠는 게 아
니라 진심으로 저렇게 생각한다는 점이었다.

"하긴. 사람마다 느끼는 게 다를 테니까요."

"넌 알아서 잘할 녀석이라 내가 딱히 조언은 해 줄 게 없
네. 제자가 생겼으니 어쩌면 그게 돌파구가 될지도 모르겠
고. 가르치면서 배운다는 말, 진짜거든. 자신과 익힌 무공을
되돌아보는 시간은 필요해. 물론 혼자서도 할 수 있다고 생
각하겠지만, 그게 아니거든."

명천이 씨익 웃었다.

마치 유하성에게 곧 다가올 미래가 보인다는 듯이 말이다.

"아는 것과 직접 겪는 것, 그리고 다른 사람을 통해 내가
익힌 무공을 보는 건 완전히 달라."

"그럴 것 같습니다. 그래서 사실 기대도 됩니다. 다양한
경험은 저 자신에게 있어 좋은 자양분이 되니까요."

"에이. 재미없어."

특유의 정석적인 대답에 명천이 투덜거렸다.

유하성의 모든 게 다 좋지만 이런 점은 좀 아쉬웠다.

그런데 또 어떻게 보면 재밌기도 했다.

무당파에서 그를 이렇게 대하는 건 유하성이 유일했다.

"사본은 하나씩 더 만들어 놓겠습니다. 하지만 주석은 달지 않겠습니다."

"왜?"

"괜히 틀에 구애받게 하고 싶지 않아서입니다."

"음."

명천이 턱을 쓰다듬었다.

확실히 유하성의 말도 일리는 있었다.

해석과 설명은 유하성의 관점에서 이루어질 수밖에 없었다.

그렇다는 말은 유하성의 생각이 깊게 들어갈 수밖에 없었고, 그건 곧 하나의 틀을 만드는 것과 다름없었다.

"무당의 모든 무공은 태극권에서 나온다. 그것처럼 저는 면장과 십단금 역시 다양한 방식으로 해석될 수 있다고 생각합니다. 만약 태극권에 다른 이의 주석과 주해가 달려 있었다면 면장과 십단금을 복원할 수 없었을지도 모릅니다."

"네 말도 확실히 일리가 있어. 아무래도 주석은 주관적일 수밖에 없으니까. 지금은 네가 십단금과 면장에 대해 가장 잘 알지만, 나중에는 모르는 일이지."

"맞습니다. 그리고 제 스스로 가능성을 억제하고 싶지는 않습니다."

"지금보다 더 뛰어난 면장과 십단금이라."

명천은 순간 가슴이 두근거렸다.

동시에 명운이 죽는 날 유하성이 펼쳐 보이던 태극권과 면장, 십단금이 차례대로 떠올랐다.

현재 유하성이 익히고 있는 십단금과 면장도 아름다웠지만 여기에서 더 발전된다고 생각하자 가슴이 설레었다.

"가능성은 최대한 열어 두는 게 좋지 않겠습니까. 정형화된 것보다는 그게 낫다고 저는 생각합니다. 천편일률적인 무공은 한계가 명확하니까요."

"네 말도 맞다. 하지만 여러 가지의 해석을 남길 필요는 있다고 생각한다. 그래야 중복이 되지 않지."

"그것도 일리가 있네요."

유하성이 고개를 주억거렸다.

듣고 보니 명천의 말도 맞았다.

정형화되는 걸 피하는 것도 중요했으나 갔던 길을 또 가는 것은 시간 낭비였다.

"진본과 사본을 두고 여러 가지 해석본을 두는 거지. 각자의 이름을 써서. 그리고 왜 이 두 권에는 네 이름을 안 적었어? 네가 만든 건데. 무려 이백 년 만에 복원된 면장과 십단금 아니냐."

"……."

유하성은 곧바로 대답하지 않았다.

대신 복잡한 눈빛으로 명천이 들고 있는 두 개의 무공비급을 바라봤다.

"네 업적이다. 명운을 비롯해서 선대의 많은 분들이 노력해서 만들어진 결과물이지만 화룡점정이라고 마지막 점을 찍은 건 너다. 즉, 완성자는 너란 말이지. 그러니 넌 자격이 있다."

"꼭 적어야 할 필요는 없을 것 같습니다만."

"어차피 나중에는 사본의 사본만 남을 거다. 그러면서 자연스레 네 이름이 사라질 테지. 어쩌면 마지막까지 남을 수도 있고. 하지만 그건 후대의 선택이지. 그러니 난 지금 네 이름을 남기는 것도 나쁘지 않다고 생각한다. 그럴 자격도 있고. 게다가 무당파의 제자 모두가 알고 있지 않으냐."

평소의 성격과 달리 명천은 강요하지 않았다.

강요한다고 해서 들을 성격이 아니라는 것을 잘 알기도 하거니와 결국 선택하는 건 유하성이었다.

"굳이 그렇게까지 해야 하나 싶어서요. 어차피 시간이 지나면 자연스럽게 잊힐 텐데."

"그럼 명운이의 이름은?"

"사실 그걸 고민하고 있었습니다. 저야 이름을 남기든 안 남기든 상관없지만, 사부님은 다르니까요. 그래서 생각하고 있었습니다. 사부님께서 살아 계셨다면 어떤 결정을 내리셨을까."

"뻔하지."

명천은 고민할 필요도 없다는 듯이 말했다.

그가 아는 명운이라면 이미 답은 나와 있었다.

"저도 알고 있습니다."

"그런데 왜 고민해?"

"제자로서의 마음도 있으니까요."

"그건 욕심인데."

유하성이 쓰게 웃었다.

반박할 여지가 없어서였다.

명천의 말마따나 면장과 십단금의 마지막 점은 그가 찍었다.

하지만 명운의 노고 역시 컸다.

"이번에는 욕심을 부려 볼까 합니다."

"너도 융통성이라는 게 있구나."

"사백께서는 찬성 쪽이신가 보군요."

"당연하지. 너에게는 사부이지만 나에게는 막내 사제였다. 거기다 아픈 손가락이지."

명천의 표정이 씁쓸해졌다.

몇 번이고 후회했음에도 그는 여전히 자책감이 들었다.

"사부님께서는 웃으시면서 귀천하셨습니다."

"알지. 나에게는 조금의 원망도 없었다는 것을. 근데 그걸 알지만, 그래도 미안한 건 어쩔 수 없어. 그러니 나는 찬성이다. 조금 더 바란다면 네 이름도 같이 남겼으면 싶고. 명운 혼자서는 외롭지 않겠느냐."

"으음!"

유하성의 입에서 침음성이 절로 흘러나왔다.

이 부분은 그도 생각지 못해서였다.

더불어 명운이 살아 있었다면, 이름을 남기는 걸 허락했다면 명천과 똑같이 원했을 것 같았다.

"그리하겠습니다."

"잘 생각했다. 명운이도 좋아할 게다."

"따로 만드는 주석본에도 남길까 합니다. 사부님께 배운 것, 들은 것들은 다 기억하고 있으니까요."

"그것도 좋다."

명천의 미소가 짙어졌다.

동시에 부러운 마음도 들었다.

죽었음에도 여전히 자신을 끔찍하게 생각해 주는 제자가 있다는 게 말이다.

명천 역시 무율이라는 훌륭한 제자가 있었지만 이 정도로 끈끈한 유대 관계는 아니었다.

"사백의 조언이 정말 큰 도움이 되었습니다."

"도움까지야. 그냥 자잘한 조언이지. 그보다 한 가지 묻고 싶은 게 있는데."

"말씀하시죠."

"어디까지 올라가고 싶으냐?"

지금까지와는 다르게 명천의 표정이 진지해졌다.

더불어 유하성도 목소리가 가라앉았다.

애매모호한 질문이었으나 유하성은 단번에 안에 담긴 진의를 읽었다.

"사부님께서 바라신 게 딱 두 가지였습니다. 하나는 다행스럽게도 돌아가시기 전에 이루어 드렸고, 남은 하나는 일생을 걸어 이뤄 드릴 생각입니다."

"이뤄 준 건 면장과 십단금의 복원이겠구나."

"그렇습니다. 그리고 남은 하나는 천하제일문입니다. 제가 죽기 직전에 소림사를 넘을 겁니다. 우선 목표는 성승께서 귀천하시기 전에 뛰어넘는 겁니다."

"크하하하!"

명천이 파안대소를 터뜨렸다.

그러나 비웃는 건 절대 아니었다.

오히려 더없이 통쾌하다는 듯이 웃었다.

무당의 패왕답게 패기 넘치는 목표가 명천은 너무나 마음에 들었다.

"일단 단기적인 목표는 그렇습니다. 천하제일문이라는 칭호는 단순히 천하제일인이 되었다고 해서 얻을 수 있는 게 아니니까요."

"그렇지. 천하제일문은 모두가 노력해야 얻을 수 있는 일이니까. 그러니 내가 그 밑바탕을 도와주마."

명천의 두 눈이 형형하게 빛났다.

번천회와의 전쟁이 마무리될 기미가 보이자 사실 그는 이제 은거를 해야 하나 고민이 들었다.

자신은 이제 전대 장문인이고 무율이 있는데 너무 나서는 것도 보기에 좋지 않았다.

더욱이 지금의 세대에는 무율도 있었고, 눈앞의 유하성도 있었다.

때가 되면 자연스럽게 비켜 주는 게 어른의 도리이기도 했다.

그런데 유하성의 목표를 들은 순간 명천은 깨달았다.

'아직 나의 시간은 남아 있어.'

평생을 단 하나의 목표만 품어 왔다.

성승 각현 대사를 뛰어넘는 것.

그러나 이제는 알았다.

죽을 때까지 각현 대사를 뛰어넘지 못할 거라는 걸 말이다.

게다가 이미 천하제이인의 자리도 잃은 상태였다.

귀단문주는 죽었지만 명천이 생각하기에 그의 시대는 이제 저물었다.

'어쩌면 죽기 직전에 볼 수 있을지도 모른다.'

명천의 눈동자에 기대감이 서렸다.

그는 실패했지만 유하성은 달랐다.

더구나 유하성의 시대는 지금부터였다.

앞으로 최소 사십 년, 혹은 오십 년의 시간이 남아 있는 만큼 천하제일인도, 천하제일문도 불가능한 목표는 아니었다.

"그때까지 살아 계셔 주시죠."

"암. 당연히 그래야지!"

은퇴를 기다리는 노도인과도 같았던 명천의 분위기가 대번에 달라졌다.

그 모습에 유하성은 옅은 미소를 지었다.

푸르릉.

새벽안개를 가르며 흑풍이 사육장으로 다가왔다.

아이들이 가축을 키우자 흑풍은 자연스럽게 구경을 하기 시작했다.

새로운 식구라기보다는 그냥 단순히 구경이었다.

닭도 있고, 병아리도 있고, 토끼와 사슴이 우리 안에서 돌아다니는 걸 흑풍은 신기하게 쳐다봤다.

푸릉!

그리고 그건 다른 말들도 마찬가지였다.

이제는 제법 익숙해진 모양인지, 아니면 가축들이 있어서 그런지 예전에는 멀찍이 떨어져서 흑풍이 언제 오나 구경만 하던 말들이 하나둘 가까이 다가왔다.

"오늘도 구경 왔구나."

푸히히힝!

이른 시간부터 바삐 움직이며 가축들에게 먹이를 주는 아이들을 한쪽에 서서 멀뚱히 구경하던 흑풍이 귀를 팔락이며 머리를 위아래로 크게 흔들었다.

유하성의 목소리에 곧장 반응한 것이었다.

그러고는 부리나케 유하성의 목소리가 들린 곳으로 달려갔다.

"아, 안녕?"

달려간 유하성의 곁에는 늘 그렇듯이 이소향이 있었다.

그런데 보통 말보다 더 큰 흑풍의 덩치 때문인지 이소향은 선뜻 다가가지 못했다.

벌써 꽤 자주 만났음에도 불구하고 여전히 유하성의 한쪽 다리 뒤에 숨었다.

푸르릉!

하지만 그런 이소향의 모습에도 흑풍은 먼저 다가가지 않았다.

어린아이라는 걸 알 수 있었기에 알아서 조심하는 것이었다.

더구나 유하성과 특별한 관계라는 걸 눈치챘기에 흑풍은 다른 이들을 대하는 것처럼 제멋대로 굴지 않았다.

오히려 이소향이 자신에게 익숙해지도록 어른처럼 충분히 기다려 주었다.

씰룩씰룩.

물론 그건 얼굴만이고 튼실하고 거대한 엉덩이는 연신 씰룩거렸다.

유하성에게 다가가 얼굴을 비비고 싶은데 이소향이 겁을 먹을까 봐 조심하는 것이었다.

"녀석."

이소향을 배려해 주는 모습에 유하성이 피식 웃으며 손을 뻗어 흑풍의 갈기를 쓸어 주었다.

그러자 흑풍이 입술을 벌렁거리며 좋아했다.

별거 아닌데 이상하게 유하성이 쓰다듬어 주면 흑풍은 마음이 편해졌다.

낯선 인간들이 많은데도 마음이 평온해지는 느낌이라고나 할까.

"헤에."

유하성의 손길을 음미하듯 퉁방울만 한 두 눈을 감고 투레질을 하는 흑풍의 모습에 이소향이 신기한 듯 쳐다봤다.

벌써 몇 번이나 본 모습이지만 늘 볼 때마다 신기했다.

어마어마한 덩치를 가진 흑풍이 신기하게도 유하성 앞에

서는 순한 양이 되었다.

"소향이가 당근 한번 줘 볼래?"

"제, 제가요?"

"응. 그냥 쥐고만 있으면 돼. 물거나 그러지 않아. 흑풍이
도 당근 먹는 건 전문가거든. 애초에 사람 손길을 그다지 좋
아하지 않기도 하고."

"괜찮을까요?"

이소향의 큰 눈에 두려움이 살짝 떠올랐다.

흑풍이 사람 손길을 좋아하지 않는다는 건 이소향도 잘 알
았다.

유일하게 흑풍을 만질 수 있는 사람이 유하성이었으니까.

그나마 당근을 주면 먹기는 하는데 그마저도 자기 기분에
따라 달랐다.

"괜찮지. 흑풍이가 성격이 순하지는 않아도 영리해. 지금
만 해도 널 쳐다보고 있잖니."

"아."

유하성의 말대로 흑풍은 얌전히 서서 이소향을 바라보고
있었다.

이름처럼 새까맣지만 왠지 모르게 투명하게 느껴지는 맑
은 눈빛으로 말이다.

그리고 가만히 생각해 보면 다른 사람들을 대하는 것하고
확연히 달랐다.

"앞으로 자주 볼 사이이기도 하고. 정확한 건 아닌데 흑풍이도 성체가 된 지 얼마 안 됐다고 하더라고."

"그럼 한번 해 볼게요."

유하성과 흑풍의 관계에 대해서는 잘 알았다.

그래서 이소향은 용기를 냈다.

여전히 겁은 나지만 이소향도 어느 정도는 느끼고 있었다.

흑풍이 알게 모르게 배려해 주고 있다는 사실을 말이다.

"자."

"네!"

늘 이 시간 때쯤 왔기에 유하성은 당근을 몇 개씩 챙겨 주었다.

먹이는 아니고 간식의 느낌이었다.

흑풍도 덩치에 어울리지 않게 많이 먹지 않았고.

당기는 날에는 백현승과 곽두일, 원상과 원호가 주는 당근도 받아먹었지만 그런 날은 많지 않았다.

꾸욱.

자상한 유하성의 목소리에 이소향은 용기를 내서 당근을 잡았다.

당근이 서늘한 기후를 선호한다고 하나 한겨울에 자랄 정도는 아니었다.

그래서 수확해 놓은 걸 따로 보관해 놓았기에 신선도는 막뽑은 당근보다 부족할지 몰라도 먹기에는 더 좋았다.

스윽.

흙을 말끔히 털어 낸 상태이지만 이소향은 혹시 몰라 손바닥으로 한 번 더 털었다.

검은 털 때문인지 더욱 새하얘 보이는 이빨은 튼튼하다 생각됐지만 혹시 몰라서였다.

먹는 데 이물질 끼면 불쾌함을 느끼는 건 동물도 마찬가지라고 생각했기에 이소향은 정성스레 흙을 털어 내고는 조심스럽게 흑풍에게 내밀었다.

유하성의 다리 뒤가 아닌 흑풍에게 천천히 다가가서는 당근을 쥐고 있는 손을 바짝 들었다.

푸르르르.

긴장한 기색이 역력한 표정이면서도 자신에게 다가오는 이소향이 귀여운지 흑풍이 작게 투레질을 했다.

평소의 도도하며 용맹 넘치는 투레질이 아니라 혹시라도 이소향이 놀랄까 싶어 최대한 작게, 움직임을 줄여서 투레질을 한 흑풍이 느릿하게 머리를 움직였다.

이소향이 놀라지 않도록 최대한 느리게 움직이는 모습에 유하성은 물론이고 지켜보던 원상과 원호도 입가에 미소를 지었다.

반면에 아이들은 눈을 빛내며 호기심 가득한 얼굴로 지켜봤다.

"머, 먹을래?"

자기보다 나이가 어릴지 모른다고 했지만 솔직히 흑풍의 덩치를 보면 그런 생각이 전혀 안 들었다.

오히려 압도되는 느낌이 있었다.

그 정도로 흑풍이 풍기는 존재감은 대단했다.

그래서인지 이소향은 떨리는 목소리로 조심스럽게 입을 열었다.

콰직.

긴장한 이소향을 배려하듯 흑풍은 발을 떼지 않았다.

대신 머리를 쭉 내밀어 이소향이 들고 있는 당근을 아주 조금 베어 물었다.

한 번에 많이 먹으면 혹시라도 놀랄까 싶어서였다.

그런데 당근의 끝부분만 조금 씹어 먹자 이소향의 두 눈이 동그래졌다.

"헤에."

눈을 마주한 상태로 먹음직스럽게 입을 우물거리는 흑풍의 모습에 이소향의 얼굴에서 긴장이 조금 가셨다.

근육질의 모습이라 겁이 조금 났는데 이렇게 마주 보고 있으니 괜한 걱정을 한 것 같다는 생각이 들었다.

옆에는 사부인 유하성도 있었는데 말이다.

게다가 흑풍이 얼마나 영리한 말인지도 알았기에 이소향은 한 걸음 다가갔다.

콰득.

그러나 흑풍은 이소향이 다가와도 움직이지 않았다.

기다려 주겠다는 듯이 자리를 지키고는 그저 당근을 한 입 더 베어 물었다.

이번에도 역시 평소와 달리 아주 조금만 물었다.

다른 사람이었다면 이미 한 입이나 두 입에 끝냈을 텐데 이소향에게는 그러지 않았다.

"만져 볼래?"

"그, 그래도 될까요?"

서서히 긴장이 풀려 가던 이소향이 화들짝 놀랐다.

이제 겨우 당근을 주는 것에 익숙해졌는데 흑풍을 만져 보라고 하자 다시 긴장한 것이었다.

그런데 그 모습이 흑풍에게는 귀여웠던 모양인지 이를 드러내며 웃는 것 같은 표정을 지었다.

"안 물어. 소향이도 봤잖아."

"어, 현승 오빠는 물려고 하던데요?"

"그래?"

"네. 장난을 치긴 했지만요."

"그럼 물릴 만하지."

유하성이 피식 웃었다.

지금이야 많이 점잖아졌지만 백현승도 한때 개구쟁이였었다.

넉살도 좋았고.

그러니 흑풍과 어느 정도 친해졌다고 생각하자 이런저런 장난을 쳤을 터였다.

"저도 그러지 않을까요?"

"흑풍을 보아하니 안 그럴 것 같은데? 나도 있고."

푸르르르.

흑풍이 대답하듯 투레질을 했다.

평소와 달리 작게 말이다.

유하성은 그 이유를 본능적으로 알 수 있었다.

"싫어하진 않을까요?"

"장난치는 것도 아닌데. 앞으로 자주 볼 사이이기도 하고."

"으음."

흔들리는 눈빛으로 이소향이 흑풍을 바라봤다.

그러자 흑풍도 말간 눈으로 이소향을 마주 봤다.

눈빛으로 아무 걱정 할 것 없다는 듯이 말이다.

스르륵. 스륵.

그리고 유하성은 말 대신 흑풍의 갈기를 쓰다듬어 주었다.

분명 야생마인데 윤기가 자르르 흐르는 갈기는 촉감도 아주 부드러웠다.

"만지는 게 싫다면 흑풍도 행동으로 티를 냈을 거야. 근데 얌전히 있잖아."

"해 볼게요."

"흑풍과 교감한다고 생각해. 아니면 친구가 된다고 생각하거나."

"네."

결심을 했는지 이소향이 다부진 표정으로 대답하고는 천천히 한 발 한 발 다가갔다.

유하성의 보폭에 비하면 아무래도 작을 수밖에 없기에 이소향은 흑풍의 커다란 눈을 마주 보며 천천히 접근했다.

그러고는 튼실하다 못해 탄탄한 앞다리 근육에 반대쪽 손을 뻗었다.

하지만 손이 닿았음에도 흑풍은 가만히 있었다.

"별거 없지?"

"네!"

"느낌이 어때?"

"엄청 딴딴해요. 보이는 것보다 더 보드랍고요."

얌전히 있는 흑풍의 모습에 이소향은 조금 더 용기를 냈다.

천천히 팔을 움직여 흑풍의 앞다리를 쓰다듬었던 것이다.

"야생에서 살아가는 말답지 않지?"

"네. 헤헤."

"사실 나도 그게 궁금하기는 해. 이 녀석들 따로 씻지는 않을 텐데."

푸르릉.

두 사제의 대화를 듣던 흑풍이 고개를 숙였다.

이소향이 만지기 편하도록 머리를 내려 주었던 것이다.

그 마음이 전해졌는지 이소향이 이번에는 주저하지 않고 흑풍의 볼을 쓰다듬었다.

"앞으로 잘 부탁해, 흑풍아."

푸히히힝!

조심스럽게 볼을 쓰다듬어 주는 손길이 기분 좋은 모양인지 흑풍이 크게 투레질을 했다.

그러고는 자연스럽게 이소향의 얼굴을 핥았다.

나름의 대답이었다.

"꺄아!"

꺼끌꺼끌하면서도 축축한 혓바닥이 얼굴을 핥고 지나가자 이소향이 비명을 질렀다.

하지만 싫은 기색은 아니었다.

오히려 흑풍의 인사가 남아 있던 긴장감을 다 녹여 버린 듯 이소향이 머리에 매달렸다.

푸릉. 푸르르릉!

앙증맞은 두 팔이 자신의 머리를 감싸자 흑풍이 입술을 벌렁거리며 웃었다.

이소향이 더는 자신을 겁내지 않는다는 걸 느낄 수 있어서였다.

그러면서도 흑풍은 아직 이소향의 오른손에 쥐어져 있는

무당
패왕

당근을 먹는 걸 잊지 않았다.

친해지는 것도 중요하지만 간식 역시 포기할 수 없었다.

"우와!"

"나도 만져 보고 싶다!"

"흑풍이랑 친해지고 싶어!"

순식간에 흑풍과 친해진 이소향의 모습에 아이들이 비명과도 같은 소리를 질렀다.

누가 봐도 명마인 흑풍은 특히나 남자아이들의 심장을 벌렁거리게 만들기에 충분해서였다.

다만 다가가지 못했던 이유는 흑풍의 성깔 때문이었다.

유하성 말고는 누구의 손길도 허락하지 않았었는데 이소향이 성공하자 남자애들의 눈빛이 뜨겁게 불타올랐다.

"어이어이. 헛된 꿈 꾸지 마. 너희들은 못 만져. 소향이니까 만질 수 있는 거야. 나도 못 만지는데."

그런 아이들을 향해 백현승이 찬물을 끼얹었다.

무슨 생각을 하는지 훤히 보였기에 하는 소리였다.

예전이었다면 그도 남자애들과 같은 생각을 했겠지만 지금은 달랐다.

흑풍은 사람 못지않게 영악한 녀석이었다.

괜히 이소향을 허락한 게 아니었다.

어리고 귀여운 아이들은 많았지만 이소향과는 결정적인 차이가 있었다.

'형님의 제자라는 거지.'

눈치 빠른 흑풍은 한눈에 알아봤을 터였다.

이소향이 유하성의 제자라는 걸 말이다.

그렇다면 저 모습이 완벽하게 설명이 되었다.

"저희는 안 되는 건가요?"

"응. 포기해. 포기하면 편해."

"윽!"

"세상에는 안 되는 것도 있어. 괜히 저 두 분이 흑풍을 못 만지는 게 아냐."

백현승이 한쪽에 우두커니 서 있는 원상과 원호를 눈짓했다.

처지는 그들과 다를 바 없었지만 두 사람의 눈동자에서는 꿀이 뚝뚝 떨어지고 있었다.

원래부터 이소향을 예뻐했지만 사매가 되자 더더욱 챙겼다.

아이들과의 형평성 때문에 최대한 티를 내지 않으려 했지만 백현승의 눈에는 훤히 보였다.

"그리고 늘 차선책이 있는 법이지."

"아!"

이어지는 백현승의 말에 남자애들이 눈을 빛냈다.

흑풍은 힘들겠지만 다른 말들은 달라서였다.

물론 야생마이니만큼 길들이기가 쉽지 않겠지만 그래도

武當霸王
무당패왕

흑풍보다는 쉬울 터였다.

두두두두!

이른 아침 유하성은 이소향과 함께 산책을 나왔다.

정확하게는 산책 겸 체력 훈련이었는데 오늘은 흑풍도 함께였다.

무리를 어디론가 보내고는 두 사람을 따라왔던 것이다.

"까아!"

마음의 벽이 허물어진 날 이후 이소향은 더 이상 흑풍을 겁내지 않았다.

적어도 자신에게는 아무런 위해도, 위협도 가하지 않는다는 걸 알아서였다.

아니, 오히려 흑풍은 마치 오빠처럼 이소향을 살뜰히 챙겼다.

푸히히힝!

지금만 하더라도 흑풍은 이소향이 조금 지친 기미를 보이기 무섭게 몸을 낮춰 등에 태워서는 신나게 산길을 달렸다.

절대 길이라고 할 수 없는 오르막을 거침없이 내달렸다.

"우아아아!"

안장조차 없는 상태였지만 이소향은 의외로 안정적으로

흑풍의 등에 앉아 있었다.

처음이 아니기도 했거니와 흑풍이 신경 써 주고 있어서였다.

이소향도 떨어지지 않게 두 허벅지에 힘을 바짝 주고 있었지만 적어도 7할은 흑풍의 덕이었다.

"녀석."

그걸 알았기에 유하성은 실소를 흘렸다.

흑풍이 이소향을 얼마나 신경 쓰고 있는지 알 수 있어서였다.

그리고 나름 저것 또한 수련이었다.

하체와 균형 감각을 단련하기에 승마는 나쁘지 않았다.

"꺄하하하!"

푸히히힝!

거기다 둘 다 즐거워했고 말이다.

이소향과 놀아 주는 것처럼 보였지만 흑풍 역시 즐기고 있었다.

상쾌한 아침 산책을 말이다.

"저거 영물일지도 몰라."

"사백."

"우리 사손은 오늘도 해맑네. 허허허."

언제 다가온 것인지 명천이 헤벌쭉 웃으며 흑풍과 놀고 있는 이소향을 애정 가득한 눈빛으로 바라봤다.

늘그막에 찾아온 활력소라는 듯이 명천은 시간이 날 때마다 이소향을 찾았다.

"누가 보면 사백께서 사조인 줄 알겠습니다."

"사조나 마찬가지지. 명운이 없으니까. 근데 방향은 정했느냐?"

"해가 바뀐 지 이제 한 달이 지났습니다. 겨우 여섯 살입니다."

"그래도 너 정도면 감이 잡힐 텐데?"

명천이 흰소리 하지 말라는 듯이 말했다.

검을 쓰지 않아서 그렇지 막상 쥐여 주면 웬만한 검객보다도 검을 잘 쓸 게 분명한 이가 유하성이었다.

검술에 조예가 없다면 곽두일의 좌수검도, 백현승에게 가르치는 진무 태극검도 나올 수가 없었다.

그렇기에 명천은 유하성의 말을 곧이곧대로 믿지 않았다.

"아직 정식으로 무공에 입문한 지 반년도 안 됐습니다. 우선은 느긋하게 지켜볼 생각입니다. 지금은 경쟁보다는 육체적인 성장이 더 중요하다고 생각하고요. 경쟁은 나중에 질리도록 할 텐데 굳이 지금부터 시작할 필요는 없다고 생각합니다."

"맞아. 어린아이는 아이다울 때 가장 빛나는 법이지. 우리에게는 지름길이 아이들에게는 답답하고 꽉 막힌 길처럼 느껴질 수도 있으니까."

오랜 세월을 살아온 만큼 명천은 다양한 무당파의 제자들을 봐 왔었다.

어렸을 적에는 대단한 재능을 가진 아이가 어느 순간 평범하게 변하는 경우도 수두룩했다.

언제고 찾아오게 되는 한계에 부딪혀 주저앉거나 포기한 이들이 대부분 이에 속했다.

반면에 평범한 무재를 가지고 있음에도 되레 천재를 뛰어넘는 경우도 은근히 있었다.

"서두른다고 꼭 빨리 도달하는 건 아니니까요. 중요한 건 속도가 아니라 방향이라고 생각합니다. 포기하지 않고 끝까지 달리면, 제대로 된 방향을 잡고 걸어가면 언젠가는 목적지에 닿는다고 생각합니다."

"맞아. 네가 바로 그 경우니까. 근데 쉽지는 않겠어."

명천이 입맛을 다셨다.

냉정하게 말해 이소향의 자질은 그리 뛰어나지 않았다.

솔직히 유하성이 어떤 점을 보고 이소향을 선택했는지 의구심이 들 정도였다.

아이는 분명 착하고 귀엽지만 무재만 놓고 보면 아쉬움이 드는 게 사실이었다.

"저와 다르면서 비슷한 점을 봤습니다."

"그러니까 네가 선택했겠지. 너에게 있어 사제지연이라는 게 얼마나 특별한지 내가 잘 아는데."

"누구나 다 같지 않겠습니까."

"맞아. 그래서 난 그냥 믿으려고. 널 믿으니까 소향이도 믿을 생각이다. 그리고 꼭 소향이가 절대고수가 될 필요는 없지. 그게 쉬운 길도 아니고. 다만, 네가 빛날수록 소향이에게 드리워지는 그림자 역시 짙어질 거다."

명천이 해맑게 흑풍과 뛰어노는 이소향을 응시하며 말했다.

어느새 흑풍의 등에서 내려온 이소향은 술래잡기를 하고 있었는데 둘의 모습이 참으로 천진난만했다.

마치 오빠가 여동생과 놀아 주는 것처럼 흑풍은 잡힐 듯 말 듯 아슬아슬한 차이로 이소향의 손을 피했다.

그러자 이소향도 약이 바짝 오른 듯이 작은 입술을 앙다물고서 계속 달려들었다.

"알고 있습니다. 그런데, 저 느긋하다고 해서 기대치를 낮춘 건 아닙니다."

"호오?"

"아마 이 세상에서 제가 세 손가락 안에 들 겁니다. 범재가 천재를 뛰어넘는 방법에 대해서요."

"후후! 맞아. 그렇지. 네가 직접 이룩한 게 있는데. 하지만 말이다. 녹록지 않을 게다. 네 스스로 강해지는 것과 제자를 가르치는 건 완전히 달라."

명천이 히죽 웃었다.

유하성의 능력을 모르는 건 아니었다.

그러나 그는 장담할 수 있었다.

절대 쉽지 않을 거라고 말이다.

"그래서 더 재미있지 않을까 생각합니다. 저 나름대로 얻는 것도 있을 거라고 생각하고요."

"만약 소향이가 검을 선택하면 나를 부르거라. 권장지각이야 너를 따라갈 사람이 없다지만 적어도 검술은 내가 나으니까."

"그리하겠습니다."

유하성은 순순히 대답했다.

다른 이도 아니고 무당검선이라 불리는 무인이 명천이었다.

더불어 당대의 천하제일검이 그였다.

성승 각현 대사의 그늘에 가려져 만년 이 인자라고 하나 그건 달리 말하면 각현 대사를 제외하면 명천에 비교할 만한 대상이 없다는 뜻이기도 했다.

"흠흠! 진무 태극권을 선택하더라도 가끔은 날 불러. 검을 배워서 나쁠 건 없으니까. 여인이라고 해서 꼭 장검을 다뤄야 하는 건 아니잖아. 소검술도 있고, 연검술도 있고."

"알겠습니다."

유하성이 옅게 미소를 지었다.

명천이 어지간히도 이소향을 보고 싶어 하는 것 같아서였

무당
패왕
武當霸主

다.

그리고 유하성 입장에서도 나쁠 건 없었다.

봄이 온 것인지 아침의 공기가 달라졌다.

꽃이 하나둘 피며 냄새가 겨울과는 확연히 달라졌던 것이
다.

더불어 무당산에 녹음이 지기 시작했다.

"자자, 이거 한번 먹어보지 않으련?"

"여기도 있다!"

연구동이 평소와 달리 소란스러웠다.

원래부터 아침 일찍 하루를 시작하기는 했는데 오늘은 분
위기가 달랐다.

게다가 원상과 원호를 비롯해서 이춘상도 열정적으로 당
근과 여러 채소들을 쥐고서 흔들고 있었다.

정확하게는 여러 마리의 망아지들을 향해서 말이다.

푸르릉.

그 모습에 오늘도 어김없이 연구동을 찾아온 흑풍이 어처
구니없다는 표정을 지었다.

인간들의 행태가 흑풍에게는 너무나 우스워 보여서였다.

하지만 그렇다고 해서 성질을 내지는 않았다.

"우와."

대신 살짝 서운한 눈으로 옆에 있는 이소향과 자식들을 번 갈아 쳐다봤다.

언제나 자신만 바라보던 이소향이 새끼들에게 관심을 보이자 흑풍은 서운한 기색을 내비치며 이소향의 머리에 자신의 머리를 비볐다.

푸흥!

"아이, 간지러워. 왜 그래?"

늘 씩씩했던 흑풍이 평소와 다르게 애교를 부리는 모습에 이소향이 몸을 부르르 떨었다.

콧김과 함께 부드러운 갈기가 얼굴과 목덜미에 닿자 간지러워서였다.

"섭섭한 모양인데?"

"사부님!"

자꾸 몸을 비비는 흑풍을 떼어 놓기 위해 바둥거리던 이소향이 반색한 표정을 지었다.

이제는 하루의 대부분을 함께하지만 그럼에도 이소향은 여전히 유하성이 좋았다.

"자기 새끼들에게 눈을 떼지 못하니까 질투하는 거야."

"헤에."

자연스럽게 유하성에게 안긴 이소향이 이어지는 말에 살짝 놀란 표정을 지었다.

흑풍과 질투라는 단어는 좀처럼 어울리지 않아서였다.

그런데 흑풍은 그게 맞다는 듯이 고개를 크게 주억거렸다.

"이 녀석도 아직 아이야."

푸르릉.

한 손으로는 이소향을 안은 채로 유하성이 흑풍의 갈기를 쓸어 주었다.

근데 흑풍은 부정하지 않았다.

무당산을 호령하는 야생마들의 우두머리이지만 유하성에게만은 순한 한 마리 말일 뿐이었다.

생명의 은인이기도 했고 말이다.

"그렇지! 이리로 와! 이거 한번 먹어 봐!"

"야! 왜 그렇게 욕심을 부려! 한 마리만 공략해!"

"무슨 소리! 어떤 게 제일 우수한 녀석인지 모르는데. 그러니까 일단 다 확인해 봐야지!"

평화로운 이쪽과 달리 저쪽은 전쟁터를 방불케 할 정도로 경쟁이 치열했다.

원상과 원호는 물론이고 이춘상과 백현승, 곽두일이 눈을 부릅뜨고 망아지들을 유혹하고 있었다.

하나같이 검은색 털이 섞여 있는 게 누가 봐도 흑풍의 새끼들이었다.

"근데 저 중에 몇 마리만 흑풍의 새끼라면 웃기겠다."

"전부 다 아니어도 웃길 것 같아요."

"하하하."

그동안 잘 먹고 잘 자서 그런지 이소향은 정말 쑥쑥 자랐다.

어렸을 때 못 자라던 게 한꺼번에 자라는 것처럼 정말 하루가 다르게 컸는데 그럼에도 이소향은 지금처럼 유하성의 품에 안겨 있는 걸 좋아했다.

"그런데 흑풍은 왜 신경도 안 쓸까요? 자기 자식들인데."

"자식의 인생을 존중해 주려는 것일 수도 있고, 무관심한 걸 수도 있고. 아니면 믿는 걸지도 모르지."

"믿는다고요?"

"응. 어떻게 보면 소향이보다 더 오래 본 사람들이니까. 우리만큼 가깝지는 않아도."

"아."

이소향이 가뜩이나 큰 눈을 크게 떴다.

흑풍과 친해진 나머지 잊고 있었다.

자신이 무당산에 온 것보다 이춘상과 백현승, 곽두일이 훨씬 빠르다는 사실을 말이다.

"소리를 듣자마자 나왔는데도 늦었네요."

"제갈 소저."

전쟁 중이라는 핑계로 춘절에도 본가로 돌아가지 않고 무당산에 남아 있던 제갈령령이 말끔한 신색으로 다가왔다.

그런데 차분한 표정과 달리 서두른 모양인지 머리카락의

武當霸王
무당
패왕

끝이 젖어 있었다.

미처 머리를 다 말리지 못한 것이었다.

"저희가 마지막이네요."

"오오오! 망아지다!"

뒤지어 황주연과 황주성도 모습을 드러냈다.

특히 막 씻고 나온 티가 역력한 황주성은 수십 마리의 말들 사이에 있는 망아지들을 보고는 두 눈을 초롱초롱하게 빛냈다.

무당산 야생마들의 우두머리가 흑풍이고 연구동에는 자주 찾아왔기에 말들이 모여 있는 건 자주 봤었다.

하지만 이처럼 어미 말이 새끼들과 함께 있는 건 처음이었기에 황주성은 홀린 듯이 이춘상 일행이 모여 있는 곳으로 다가갔다.

"안녕하세요."

그런 황주성의 모습에 유하성에게 안겨 있던 이소향이 퍼뜩 정신을 차리고서는 바닥에 착지해서 공손히 인사했다.

그러자 제갈령령과 황주연도 빙긋 웃으며 인사를 받아 주었다.

"안녕."

"좋은 아침이야."

예전에는 그저 무당파가 돌봐 주는 이백 명의 아이들 중 한 명이었다.

하지만 지금은 달랐다.

유하성의, 무당패왕의 하나뿐인 제자가 되었기에 제갈령
령과 황주연은 그에 걸맞게 대해 주었다.

예전에도 친절하고 상냥했었지만 보다 더 신경 썼던 것이
다.

"두 분도 참전하시게요?"

"조건이 따로 있나요?"

"저에게는 조건을 걸 자격이 없습니다. 있다면 이 녀석에
게 있겠죠."

푸르르릉.

유하성의 옆에 얌전히 서 있던 흑풍이 작게 투레질을 했
다.

그러나 딱히 반대하는 기색은 아니었다.

자신의 새끼이기는 하지만 크게 관여하지는 않겠다는 뜻
과도 같은 행동에 제갈령령과 황주연의 얼굴이 밝아졌다.

무당산에서 제법 오랜 시간을 보낸 만큼 흑풍이 얼마나
영리한지 알았기에 두 사람 다 이번 기회를 놓칠 생각이 없
었다.

"허락해 줘서 고마워."

"인연이 닿는다면 정말 잘 키울게. 애정도 듬뿍 주고."

흑풍이 웬만한 말은 다 알아듣는다는 걸 알았기에 제갈령
령과 황주연은 미리 감사의 말을 전했다.

마음 같아서는 잔뜩 예뻐해 주고 싶었으나 흑풍이 손길을 허락하지 않기에 두 사람 다 말밖에는 할 수 없었다.

그런데 두 여인의 진심이 전달된 모양인지 흑풍이 머리를 위아래로 작게 흔들었다.

"그럼 우리도 가죠."

"그래요."

무리가 백 마리가 넘는 만큼 망아지들의 숫자도 많았다.

하지만 저 중에 흑풍에 견줄 만한 새끼가 있을 확률은 희박했다.

혈통이 좋다고 해서 꼭 우수한 자손이 나오는 건 아니었다.

암말은 평범한 야생마인 만큼 안목이 무엇보다 중요했다.

"어어?!"

"음!"

제갈령령과 황주연뿐만 아니라 호위무사들도 참전하자 이춘상을 비롯해서 자리를 지키고 있던 이들이 전부 놀랐다.

이렇게나 많은 이들이 참여할 줄은 몰라서였다.

그러나 경쟁자가 많다고 해서 포기할 생각은 없었다.

먼저 자리를 잡고 있었던 만큼 이춘상과 원상, 원호, 백현승, 곽두일은 자신이 조금은 유리하다고 생각했다.

'여기서 지낸 시간이 얼마인데!'

이춘상이 마음속으로 소리쳤다.

흑풍이 무당산에 자리 잡고, 무리를 만들기 시작했을 때부터 이춘상은 마음먹었다.

가장 뛰어난 새끼들 중 한 마리를 선택해서 키우기로 말이다.

곁에서 유하성이 흑풍과 어떻게 지내는지 봐 왔기에 이춘상도 흑풍과 같은 말을 갖고 싶었다.

'근데 문제는 어떤 녀석이 가장 뛰어난지 알 수가 없다는 거지.'

어미 말의 곁에 찰싹 붙어 있는 망아지들의 모습은 아무리 봐도 거기서 거기였다.

흑풍의 피를 이어받았다면 당연히 우람하거나 특별한 모습을 보여야 하는데 아직은 완전 새끼라서 그런지 그놈이 그놈처럼 보였다.

흑풍처럼 전신이 새까만 녀석도 없었고 말이다.

"끄응!"

옆에 있던 원호도 그와 같은 생각인 모양인지 앓는 소리를 냈다.

당근을 비롯해서 망아지들이 먹기 편한 연한 채소들을 종류별로 손에 쥐고 있었는데 아직까지는 그 어떤 망아지도 관심을 안 보였다.

"난감하네요. 먼저 다가갈 수도 없고."

"그러다가 도망치면 말짱 꽝이야."

원상의 중얼거림에 이춘상이 단호하게 말했다.

기회는 왔을 때 붙잡아야 했다.

흑풍이 매일같이 유하성과 이소향을 보기 위해 연구동을 찾아온다고 하지만 내일도 이렇게 가까운 거리에서 망아지를 볼 수 있을 거라고는 장담할 수 없었다.

물론 무인이기에 경신술을 펼치면 되지 않겠느냐고 생각하겠지만 단기전이라면 몰라도 장기전은 힘들었다.

게다가 그들은 망아지들의 마음을 얻으려는 거지 사냥하려는 게 아니었다.

때문에 절대 위협적인 행동을 할 수 없었다.

"경쟁자가 너무 많아요."

"사람 생각은 다 똑같으니까."

이춘상과 함께 이날을 고대하던 백현승이 투덜거렸다.

원래부터 경쟁자가 적지 않았는데 제갈세가와 금와장이 참전하자 경쟁이 몇 배는 빡세졌다.

"그래도 다행스러운 점은 망아지들의 숫자가 부족하지는 않다는 점입니다."

"그렇긴 한데, 그래도 아쉬워서 그렇죠. 선택지가 적어진 거나 마찬가지니까요."

긍정적으로 생각하는 곽두일과 달리 백현승은 입술을 삐죽 내밀었다.

먼저 자리 잡고 있었는데 우수한 녀석을 제갈세가나 금와장에서 데려가면 정말 배가 아플 것 같았다.

"자격은 아이들도 있지 않습니까."

"음!"

백현승의 시선이 눈치를 살피고 있는 아이들에게로 향했다.

처음 무당산에 왔을 때와 비교하면 남자아이고 여자아이고 할 거 없이 다들 살도 오르고 키도 많이 컸다.

공기 좋은 곳에서 잘 먹고 잘 지내니 무럭무럭 자랐던 것이다.

그중에 가장 나이가 많은 남자애들은 대놓고 참여 의사를 밝히지는 못했으나 눈은 망아지에게서 떨어지지 않았다.

"자격은 모두에게 공평하게 있지."

"나쁜 놈! 친구 사이에 도와주지는 못할망정!"

"난 나름 최선을 다해 도와주고 있는데?"

등 뒤에서 들려오는 유하성의 여유로운 목소리에 이춘상이 버럭 소리를 질렀다.

그러나 그 외침에도 유하성은 태연히 옆에 서 있는 흑풍의 등을 쓸어 주었다.

푸르르릉.

흑풍도 나름 도와주고 있다고 작게 투레질을 했다.

말리지 않는 것만으로도, 무리를 이끌고 떠나지 않는 것만으로도 흑풍은 이춘상과 일행을 도와주고 있는 것이었다.

武當霸主
무당
패왕

심지어 흑풍은 방해도 하지 않았다.

"쳇! 좀 도와주면 덧나냐? 어? 좀 특출 나 보이는 애들 좀 전음으로 알려 주고."

휘익!

이춘상의 말이 끝나기 무섭게 모두가 고개를 휙 돌렸다.

하나같이 유하성을 돌아봤던 것이다.

그것도 열망이 가득한 눈빛으로 말이다.

말을 하지 않아도 무슨 말을 하고 싶은지 눈빛으로 전해지는 모습에 유하성은 실소를 흘렸다.

"나에게 기대지 말고 스스로 가진 장점을 활용해야지. 그리고 네 입장만 아니라 저 아이들 입장도 나는 생각해야 하지 않겠어?"

"말은 아주 그냥 청산유수야."

"하하하."

대놓고 투덜거리는 이춘상의 모습에 백현승이 어색하게 웃었다.

유하성의 말도 꼭 틀린 말은 아니어서였다.

그리고 특히 유하성의 첫마디가 기억에 남았다.

'스스로의 장점. 즉 내가 가진 장점.'

이춘상도 그렇지만 백현승 역시 마찬가지였다.

유하성은 주종 관계가 아닌 친구처럼 흑풍을 대했다.

또한 절대 욕심을 부리지도, 강제하지도 않았다.

그런데 흑풍은 그런 유하성을 정말 끔찍이 좋아했다.

한동안 무당산을 떠나 있을 때는 풀이 죽어 있을 정도로 말이다.

그리고 그때부터 매일같이 연구동을 찾아왔었다.

휘이익!

거기까지 생각이 닿았을 때 백현승은 슬쩍 빠졌다.

가장 좋은 자리라고 할 수 있는 명당을 스스로 빠져나왔던 것이다.

"후후."

그러고는 슬그머니 유하성과 이소향이 있는 쪽으로 다가왔다.

정확하게는 흑풍에게 말이다.

"이거 하나 먹으렴."

푸르르!

갑자기 다가온 백현승의 모습에 흑풍이 뭐 하는 짓이냐는 눈빛으로 쳐다봤다.

유하성은 물론이고 이소향을 바라보는 눈빛과는 천양지차의 시선이었으나 백현승은 넉살 좋게 웃으며 행낭에 있던 당근 하나를 꺼냈다.

평소처럼 자연스럽게 당근을 내밀었던 것이다.

뚜득.

그 모습에 흑풍은 경계하지 않고 당근을 물었다.

늘 있던 일이었기에 딱히 경계하지 않았던 것이다.

하지만 오늘 평소와 달리 백현승은 원하는 게 있었다.

스으윽!

아무 생각 없이 당근을 씹어 먹고 있는 흑풍의 몸을 번개같이 훑었다.

그간의 노력을 증명하듯 빠르고 간결하게 흑풍을 만졌던 것이다.

그야말로 창졸간에 치고 빠지는 손길에 흑풍조차도 두 눈 뜨고 당하고 말았다.

푸히히힝!

그게 자존심이 상한 듯 흑풍이 앞발을 들어 올리며 입에 있던 당근을 뱉었다.

백현승에게 손길을 허락한 게 너무나 거슬린 모양이었다.

한데 백현승은 위협적인 흑풍의 모습에도 히죽 웃었다.

흑풍에게 미움은 받았지만 원하는 걸 얻을 수 있어서였다.

"흐흐흐!"

"녀석."

흥분한 흑풍과 달리 만족스러운 미소를 짓고 있는 백현승의 모습에 유하성이 피식 웃었다.

무엇을 노린 건지 그는 단박에 눈치채서였다.

하지만 이소향은 아무것도 몰랐기에 두 눈을 동그랗게 뜨고 백현승을 쳐다봤다.

"소국주님. 혹시?"

"맞아요. 우리의 이점을 최대한 활용해야죠."

"역시!"

바늘 가는 데 실 간다는 말처럼 곽두일은 망설이지 않고 백현승을 따라 나왔다.

아무 생각 없이 자리를 이동하지는 않을 거라고 생각해서였다.

그리고 그 예상은 정확히 맞았다.

백현승의 손에는 흑풍의 털이 적지 않게 묻어 있었다.

"확실하게 성공할 거라는 보장은 아직 없지만요."

"그래도 무작정 기다리는 것보다는 낫지 않겠습니까?"

"맞습니다."

손에 얼기설기 묻어 있는 흑풍의 털의 반으로 나눈 후 그걸 곽두일에게 건넸다.

통할지 안 통할지 장담할 수는 없지만 그래도 해 볼 가치는 충분하다고 생각해서였다.

아직은 낯선 인간들보다는 아무래도 익숙한 냄새가 편할 게 자명했다.

다그닥.

"오!"

그 예상이 맞아떨어진 것인지 몇 마리의 망아지들이 이쪽으로 다가왔다.

어미 말과 함께 백현승과 곽두일이 있는 쪽으로 성큼성큼 걸어왔던 것이다.

물론 근처에 유하성과 이소향, 흑풍이 있기는 했지만 백현승에게는 보였다.

정확히 이쪽을 보고 있다는 사실을 말이다.

"어엇!"

"저걸 생각 못 했네."

경계심이 가득한 눈빛으로 좀처럼 다가올 기미를 보이지 않던 망아지들이 하나둘 이동하는 모습에 원호와 원상 역시 눈을 반짝거렸다.

한눈에 백현승의 꾀를 알아차린 것이었다.

그래서 망설이지 않고 자리를 이동했다.

스스슥!

그리고 이춘상은 거기서 한 발 더 나아갔다.

흑풍을 만질 수는 없지만 주위에 떨어진 털은 얼마든지 주울 수 있기에 매의 눈으로 주변을 훑었다.

푸르르?

하지만 망아지의 간택을 제일 먼저 받은 건 백현승도, 곽두일도 아닌 이소향이었다.

그저 유하성의 옆에서 구경만 하고 있었을 뿐이었는데 흰 털과 검은 털이 뒤섞인 망아지 한 마리가 조심스럽게 이소향에게 다가와서는 냄새를 맡았다.

"어머?"

흑풍은 유하성의 말이었으나 사실 이소향에게는 큰 의미가 없었다.

유하성보다 이소향이 훨씬 더 많이 흑풍을 타서였다.

그래서 단순히 구경하려고 서 있었는데 망아지가 다가오자 이소향은 살짝 놀랐다.

스윽.

그러나 놀람은 잠시 뿐이었고 이내 이소향은 망아지가 자신의 냄새를 충분히 맡을 수 있도록 손을 내밀었다.

절대 먼저 만지지 않고 느리게 손을 내밀고는 가만히 있었다.

쿵쿵!

아빠인 흑풍이 있어서일까.

망아지는 경계 가득하던 아까 전과는 달리 호기심 가득한 눈빛으로 이소향의 이곳저곳을 살펴보며 냄새를 맡았다.

한자리에만 있지 않고 이소향의 주위를 빙그르르 돌았던 것이다.

그러면서 유하성의 냄새도 맡았다.

"어, 어째서!"

그 모습에 이춘상이 좌절하며 소리쳤다.

온갖 정성을 다 쏟아부은 망아지가 가만히 있던 이소향에게 관심을 보이자 그는 김이 빠졌다.

동시에 지금까지 한 준비가 전부 다 부질없게 느껴졌다.

할짝.

그런데 망아지는 이춘상이 실망하거나 말거나 이소향의 곁을 떠나지 않았다.

그뿐만 아니라 이소향의 손을 핥았다.

더는 경계하지 않고 친해지고 싶다는 듯이 애교를 부렸다.

"허어."

"아직 안 끝났습니다."

그런 망아지의 모습에 여기저기에서 탄식이 흘러나왔다.

이춘상의 좌절감을 다들 느끼는 것이었다.

하지만 모두가 그런 건 아니었다.

백현승은 포기하지 않았다.

"맞습니다. 아직 흑풍이의 새끼들은 많습니다."

거기에 곽두일이 가세했다.

오히려 그는 지금의 상황을 긍정적으로 봤다.

애초에 세상은 공평하지 않았다.

더구나 이소향은 다른 이도 아니고 흑풍의 주인인 유하성의 제자인 만큼 어떻게 보면 이 결과는 당연했다.

"맞아요. 아직 안 끝났어요."

"어떻게 보면 좋게 시작을 끊은 것이나 마찬가지예요."

거기에 황주연과 제갈령령도 말을 이었다.

아쉽지 않은 건 아니었으나 어떻게 보면 좋은 상황이기도 했다.

적어도 모두가 실패한 건 아니었으니까.

한 명이 되었다면 두 명, 네 명, 여덟 명도 될 수 있었다.

"자, 이리 온!"

"여기 맛있는 거 있다!"

아직 어미젖을 안 뗐을 테지만 그럼에도 일행은 먹을 걸로 유혹했다.

스스로 오게 만들려면 호기심을 자극하는 방법밖에는 없어서였다.

반면에 이소향은 먼저 다가온 망아지와 눈높이를 맞추며 조심스럽게 쓰다듬었다.

"털이 참 보드랍구나. 이건 아빠 닮은 거 같아."

푸르르르.

부드러운 이소향의 손길에 망아지가 기분 좋은 듯이 투레질을 했다.

그러고는 머리를 이소향의 가슴에 비볐다.

흑풍이 그랬던 것처럼 애교를 부렸던 것이다.

"소향이가 마음에 든 모양이야."

"정말 그런 걸까요?"

"그러니까 왔겠지?"

"헤에."

"한번 키워 볼래?"

부드럽게 망아지의 목을 쓸어 주던 이소향의 두 눈이 커졌다.

생각지도 못한 말에 놀란 것이었다.

"제, 제가요?"

"응. 지금 당장 결정할 필요는 없지만 고민은 한번 해 봐."

"어……."

이소향의 시선이 조금 떨어져 있는 어미에게로 향했다.

거침없이 다가온 망아지와 달리 어미 말은 적당한 거리를 유지했다.

흑풍이 있었지만 경계심을 완전히 거둔 건 아니었다.

그러나 시선은 오직 자신의 새끼에게만 향해 있었다.

"아직은 어미젖이 필요할 때니까."

유하성의 시선이 멀찍이 떨어져 있는 어미 말과 망아지에게로 향했다.

간절하게 유혹하는 일행과 달리 대부분의 망아지들은 전혀 관심이 없었다.

그저 어미젖을 빨기 바빴다.

푸릉.

고민하는 이소향과 달리 망아지는 손에 머리를 비볐다.

잠시 멈춘 손에 만져 달라는 듯이 독촉했던 것이다.

"믿을 수 있는 친구는 많을수록 좋으니까."

푸히히힝!

유하성의 말이 맞다는 듯이 흑풍이 울부짖었다.

그러고는 자식에게 질 수 없다는 듯이 유하성의 어깨에 커다란 머리를 연신 비벼 댔다.

"제발 와 주지 않으련?"

"이리 온, 이리 온."

간절한 이춘상과 원호의 목소리에 몇 마리의 망아지들이 천천히 다가왔다.

형제가 이소향과 잘 놀자 다른 망아지들도 조심스럽게 다가온 것이었다.

그러자 일행이 하나같이 반색했다.

제60장 도약의 시간

뒤늦게 선택지가 자신들에게 없음을 안 것이었다.

분명 흑풍의 새끼들은 많았지만 중요한 건 망아지들이 그들을 간택하느냐, 마느냐였다.

"아고, 예뻐라."

푸르르르.

이춘상을 비롯해서 일행이 처절하게 망아지들의 간택을 기다리는 것과 달리 이소향은 망아지의 머리를 쓰다듬어 주며 교감을 나누었다.

아직은 당근을 먹을 정도가 아니기에 먹이를 주지는 않고 충분히 만져 주었다.

그런데 이소향의 손길이 나쁘지 않은 모양인지 망아지가

얌전히 있었다.

"다음번에도 절 기억할까요?"

"인연이라면 그러지 않을까? 까먹는다면 거기까지인 거고."

"어, 그럼 사형들이나 현승 오빠에게도 말해 줘야 하는 거 아니에요?"

유하성의 대답에 이소향이 눈을 동그랗게 떴다.

말을 들어 보니 잊어버릴 가능성도 있는 듯해서였다.

"인연이라는 건 사람의 뜻으로 어떻게 할 수 있는 게 아니니까. 만날 인연은 아무리 갈라놓아도 만나고, 헤어질 인연은 아무리 노력해도 이어지지 않거든."

"되게 슬픈 말 같아요."

"삶 자체가 자기 마음대로 흘러가지 않으니까. 그랬다면 불행한 사람은 단 한 명도 없겠지."

"……그렇죠."

이소향의 얼굴이 어두워졌다.

죽은 가족들이 떠오른 모양이었다.

벌써 흐릿해져 가는 아빠와 언니의 모습에 이소향은 자기도 모르게 두 눈에 힘을 주었다.

선명하게 기억하기 위해 아빠와 언니의 얼굴을 떠올리는 것이었다.

할짝할짝.

그런 이소향의 감정을 느낀 모양인지 망아지가 조심스레 볼을 핥았다.

마치 위로해 주려는 것처럼 말이다.

"하지만 잃는 게 있으면 얻는 것도 있기 마련이지. 생각지도 못한 인연이 찾아오기도 하고."

"헤헤."

머리를 쓰다듬어 주는 부드러운 손길에 이소향이 언제 침울해했냐는 듯이 방긋 웃었다.

굳은살로 가득한 투박한 손이지만 이소향에게는 이 세상에서 제일 따뜻하고 든든한 손이었다.

푸히힝!

거기에 자신도 있다는 듯이 흑풍이 투레질을 했다.

유하성의 제자는 흑풍에게도 가족이었다.

친구라기보다는 여동생의 느낌이 강했지만 말이다.

"그리고 가장 중요한 건 현재이지. 그런 의미에서 구경을 좀 할까? 흔치 않은 구경거리인 건 사실이니까."

애걸복걸하다시피 망아지들에게 소리치는 사람들의 모습을 보며 이소향이 고개를 주억거렸다.

확실히 쉽게 볼 수 있는 구경거리는 아니었다.

여유롭고 평온한 이곳과 달리 이춘상과 일행이 있는 곳은 전쟁터를 방불케 할 정도로 열기가 뜨거웠다.

거기다 제갈세가와 금와장의 호위무사들도 욕심을 숨기지

않았기에 열기는 더더욱 뜨거워져 가고 있었다.

"얼마나 성공할까요?"

"글쎄. 결과는 하늘만이 알고 있지 않을까?"

고대하고 고대했던 순간인 만큼 누구도 쉽게 포기하지는 않을 것이었다.

그리고 어떻게 보면 야생마로 살아가는 것보다는 사람들과 함께 살아가는 것도 나쁘지 않을 거라고 생각했다.

특히 수컷들은 말이다.

"그래그래! 아이고, 고맙다!"

그때 환호하는 이춘상의 목소리가 들렸다.

뒤이어 백현승과 곽두일의 감격 가득한 환호성도 들려왔다.

하나둘 성공했던 것이다.

그러나 아직 안심하기에는 이르다고 유하성은 생각했다.

'사람이나 동물이나 어릴 때는 변덕이 죽 끓듯 하는 시기이니까.'

기뻐하는 일행을 보며 유하성이 의미심장하게 웃었다.

　

적막이 내려앉은 야심한 밤에 명천은 홀로 방에서 등잔불 하나를 피워 놓고 책상 앞에 앉아 있었다.

책상 위에는 두 권의 무공비급이 있었는데 명천은 그것들을 지그시 바라봤다.

이미 몇 번이나 본 무공비급이었으나 신기하게도 볼 때마다 새로웠다.

"참 신기하단 말이지. 그림도 없는데 자연스럽게 연상이 되는 걸 보면."

명천은 무당면장이라는 네 글자가 적혀 있는 무공비급을 집어 들었다.

그러고는 익숙하게 펼쳤다.

기본적으로 무당의 무공은 내공심법에 딱히 구애받지 않았다.

낮은 수준의 내공심법으로 상승절학을 펼치면 위력이 감소하기는 해도 펼치지 못할 정도는 아니었다.

반대로 상승의 내공심법을 익히고 있다면 웬만한 무당파의 무공은 다 펼칠 수가 있었다.

무당면장 역시 그와 마찬가지였다.

따로 특별한 내공심법을 익히지 않아도 자신의 수준에 맞게 자연스럽게 펼칠 수 있었다.

스르륵.

정작 유하성이 익힌 건 기본공이라 할 수 있는 태극심법이 다였다.

물론 개량에 개량을 거듭한 상태이기에 평범한 태극심법

이라고는 하기 힘들겠지만 중요한 건 유하성이 맨 처음 익힌 건 무당파의 기본공인 태극심법이라는 것이었다.

그래서인지 속된 말로 무당파의 그 어떤 내공심법과도 궁합이 잘 맞았다.

하지만 명천이 놀란 이유는 그게 다가 아니었다.

"완성되어 있지만, 여지가 있어."

태생이 태극권에서 나와서 그런지 면장은 무공 자체로 완성되어 있으면서도 발전의 여지가 있었다.

하나의 완전한 무공이지만 그렇다고 한계가 있지는 않았다.

다른 이는 이걸 알아보지 못했겠지만 명천은 알 수 있었다.

그 역시 처음에는 알아보지 못했었으니까.

탁.

한 번 더 훑어본 무당면장의 무공비급을 덮으며 명천이 눈을 빛냈다.

분명 유하성이 복원한 무당면장은 본래의 무공과 완벽히 일치하지는 않을 터였다.

그러나 한 가지 장담할 수 있는 건 과거의 무당면장보다 더 발전한 형태라는 점이었다.

게다가 누가 익히느냐에 따라, 어떻게 소화하느냐에 따라 무당면장은 무한히 달라질 수 있었다.

"틀에 박히지 않은, 창의적인 사고 덕분인가. 근데 이것도 어떻게 보면 천재인데."

명천이 혀를 찼다.

유하성이 누누이 말하는 게 자신은 천재가 아니라는 것이었다.

하지만 명천이 보기에 그건 지나쳐도 한참 지나친 겸손이었다.

"후천적 천재도 있을 수 있으니까."

단순히 육체적인 무재만 보자면 유하성의 말은 틀리지 않았다.

하지만 무인에게 있어 육체적인 부분은 전체 중 일부분일 뿐이었다.

육체가 아무리 뛰어나도 정신적인 부분이 받쳐 주지 않는다면 보통의 무공이라면 모를까 절세신공을 대성하는 건 힘들었다.

"이것까지 그리면서 면장을 완성하기가 정말 쉽지 않았을 텐데."

상념에서 빠져나온 명천은 다시 한번 감탄했다.

무공의 수준을 냉정하게 따진다면 면장보다는 십단금이 위였다.

그러나 유하성이나 그가 두 개의 무공을 대성한다면, 그리고 대성 이상의 경지를 이룩한다면 면장의 위력은 십단금과 비교해도 뒤떨어지지 않았다.

"물론 십단금 역시 발전의 여지가 있으니 결국에는 누가 익히느냐에 따라 승부가 갈리겠지만."

십단금 역시 굉장한 신공이었다.

괜히 무당파가 자랑하는 무공이 아니었다.

거기다 십단금 역시 면장과 마찬가지로 발전의 여지가 충분했다.

"그런데 영감은 면장이 더 강하군."

명천이 두 눈을 감았다.

당대의 천하제일인을 꼽으라 하면 누구보다 먼저 이름이 나오는 게 그였다.

하지만 사실 그는 몇 년 동안 정체되어 있었다.

수련도 꾸준히 하고 노력도 열심히 하지만 좀처럼 깨달음이 찾아오지 않았다.

그래서 그는 내심 포기하고 있었다.

자신에게 허락된 경지는, 하늘이 허락한 경지는 여기까지라고 말이다.

'천하제일인은 불가능하지만, 천하제이인도 나쁜 건 아니니까.'

어쩌면 이렇게 자기합리화를 하고 있었던 것일지도 몰랐다.

살아갈 날이 얼마 남지 않기도 했고.

유하성에게는 호기롭게 이십 년을 살겠다고 말했으나 명천 스스로가 잘 알고 있었다.

이십 년을 더 살고 싶다고 해서 살 수 있는 게 아니라는 걸.

'근데 아니었어.'

책상 위에 있던 두 주먹에 힘이 들어갔다.

아무것도 보이지 않던 그의 세계에 희미하지만 빛이 나타났다.

손에 잡히기는커녕 자세히 보지 않으면 보이지 않을 정도로 아주 희미한 빛이었으나 명천은 그마저도 감사했다.

저 빛이 무엇을 의미하는지 너무나 잘 알아서였다.

제아무리 단단한 벽도 자그마한 균열 하나로 무너지는 법이었다.

그렇기에 명천은 미소를 지었다.

스읔.

"깨달음도 좋지만 그 전에 집안 정리부터 해야지. 무당파를 좀먹는 것들을 싹 다 쳐 내야 해."

명천의 표정이 일변했다.

재작년까지만 하더라도 그는 내심 장문인으로 지내는 동안 무당파를 잘 이끌어 왔다고 생각했다.

그러나 그건 혼자만의 생각이었고, 착각이었다.

겉으로 보기에는 멀쩡해 보였으나 속은 썩어 가고 있었

다.

저번의 일은 단순히 봉합밖에 되지 않았다는 걸 알았기에 명천은 결단을 내렸다.

어설프게 봉합하기보다는 확실하게 절개하기로 말이다.

"썩은 부위는 잘라 내야지. 그것 말고는 치료법이 없으니."

예전이었다면 어떻게든 끌어안고 갔을 터였다.

굳이 사문의 불미스러운 일을 세상에 드러낼 필요는 없었으니까.

무당파의 이름에도 좋지 않았고.

하지만 지금은 생각이 달라졌다.

포용도 중요했지만 일벌백계 역시 필요했다.

더욱이 무당파의 미래를 생각한다면 단호할 필요가 있었다.

"하성이와 썩은 부위 중에 고르라면 당연히 하성이지."

고민할 필요가 없는, 아니 고민할 가치가 없는 문제였다.

누구라도 같은 생각일 터였고.

오히려 그로서는 어떻게든 유하성이 무당파를 미워하지 않게 만들어야 했다.

단순히 사문의 의미가 아니라 제자들을 말이다.

"그러려면 확실하게 처리해야지."

명천의 두 눈이 형형하게 빛났다.

동시에 앞으로 어떻게 움직여야 할지를 생각했다.

잠자리는 바뀌었지만 유하성은 소향이 새벽같이 일어나서 언니, 오빠 들과 가축들에게 먹이 주는 일을 말리지 않았다.

소향이 제자가 되었다고 해서 싸고돌지 않았던 것이다.

형평성의 문제도 있지만 어려서부터 자기 할 일을 하는 건 중요했다.

더구나 심리적인 안정을 위해서라도 아이들과 함께 할 필요가 있었다.

"후웁!"

다만 운기토납법과 체조를 할 때는 데려왔다.

굳이 아이들과 함께할 필요는 없어서였다.

게다가 반이 조금 넘는 아이들이 대청표국에서 일하기로 결정되었기에 운기토납법과 체조를 하는 인원은 정말 소수였다.

스윽. 스으윽.

벌써 제자가 된 지도 석 달이 넘었다.

나이도 한 살 먹어 여섯 살이 되었고 말이다.

그래서인지 이소향이 펼치는 진무 태극권은 꽤 자연스러웠다.

투로를 완벽하게 외우고 있는 이소향의 모습에 유하성은 자기도 모르게 입가에 미소를 지었다.

'확실히 재능이 있어.'

팔짱을 끼고서 이소향의 진무 태극권을 지켜보던 유하성이 고개를 주억거렸다.

유하성은 동정심과 연민이라는 감정 때문에 이소향을 제자로 받아들인 게 아니었다.

불쌍하다고 해서 공과 사를 구별하지 못할 정도로 그는 어리석지 않았다.

이소향에게서 가능성을 봤기에, 재능을 보았기에 제자로 받아들였다.

스슥!

일정한 보폭으로 움직이면서도 두 팔은 쉬지 않았다.

그러면서도 이소향의 호흡은 조금도 흐트러지지 않았다.

동공(動功)의 묘리도 품고 있기에 투로 못지않게 중요한 게 바로 호흡이었다.

한데 이소향은 세 가지 동작을 동시에 하면서도 흔들리지 않았다.

'하나만 시켜도 제대로 못 하는 애들이 많은데 말이지.'

보법이면 보법, 권법이면 권법 이렇게 하나는 잘하는 애들은 많았다.

그러나 두 가지를 동시에 잘하는 아이들은 별로 없었다.

어떻게 보면 재능이라고도 할 수 있는데 그걸 이소향은 가지고 있었다.

하나를 가르치면 열을 안다는 문일지십(聞一知十)의 천재는 아니지만 이소향 역시 재능을 가지고 있었다.

'면장과 십단금을 가르칠 수는 없지만, 꼭 그 두 개의 무공이 필요한 건 아니니까.'

속가제자인 유하성의 제자가 되었기에 이소향 역시 속가제자였다.

그렇기에 무당면장과 십단금은 배울 수 없었다.

하지만 그렇다고 해서 유하성이 진무 태극권만 가르칠 수 있는 건 아니었다.

두 무공만 안 된다는 거지 다른 무공은 상관없었다.

"후우!"

세 번 연속으로 진무 태극권을 펼쳤던 이소향이 숨을 골랐다.

그런 이소향의 이마에는 구슬땀이 맺혀 있었다.

한겨울이지만 고도로 집중해서 그런지 몸에서 열이 계속 뿜어져 나왔다.

"잘했어."

"헤헤헤."

유하성의 칭찬에 이소향이 환하게 웃었다.

한마디 칭찬에 몸의 피로가 씻은 듯이 날아가는 기분이었다.

"어렵거나 막히는 건 없고?"

"아직까지는 없는 것 같아요. 사부님께서 워낙에 잘 가르쳐 주시기도 하고요."

"고민해 보라는 건 생각해 봤어?"

"역시 저는 태극권이 좋은 거 같아요."

이미 결정을 내렸다는 듯이 이소향이 망설이지 않고 말했다.

그런데 그 대답에 유하성의 표정이 살짝 묘하게 변했다.

이소향을 가르친 이가 그였기에 검술에도 재능이 있음을 알아서였다.

"검에도 소질이 있어."

"검은 조금 무서워서요. 남을 다치게 하기도 쉽고. 근데 손은 제압하기도 쉽잖아요. 헤헤!"

이소향이 해맑게 웃으며 머리를 긁적였다.

검으로 베고 찌르는 것보다는 손을 쓰는 게 낫다고 생각해서였다.

그리고 적성에도 맞았다.

진무 태극권을 펼치면 무공을 수련하는 느낌이라기보다는 춤을 추는 것 같아서 좋았다.

"내 손 봤지?"

"네."

"소향이 손도 내 손처럼 될 거야."

유하성이 혹시 몰라 손을 내밀었다.

굳은살이 두껍게 박인 양손을.

하지만 그걸 보고도 이소향의 표정은 변화가 없었다.

"괜찮아요. 무인에게는 당연한 일이니까요. 그리고 평범한 아낙으로 살아도 굳은살은 생기는걸요?"

"그렇긴 하다만."

"저는 사부님처럼 태극권을 익히고 싶어요. 그래서 소중한 사람들을 지키고 싶어요."

이소향이 두 눈을 초롱초롱하게 빛내며 말했다.

패왕이라 불릴 정도로 패도적인 무공을 펼치는 무인이 유하성이었으나 지금껏 단 한 번도 쓸데없이 힘을 쓰지 않았다.

필요할 때만 힘을 썼고, 대부분은 누군가를 지키기 위해서 싸웠다.

그래서 이소향 역시 유하성이 걸어간 길을 걷고 싶었다.

"중요하지. 소중한 사람들을 지키는 건."

"그리고 꼭 검이 없어도 강해질 수 있으니까요."

이소향이 다부진 표정으로 여전히 앙증맞은 주먹을 불끈 쥐어 보였다.

그동안 잘 먹어서 그런지 키가 쑥쑥 컸지만 이제야 또래와 비슷해진 수준이었다.

유하성의 눈에는 여전히 작은 아이로 보였고.

그래서인지 유하성에게는 이소향의 모든 행동이 그저 귀엽게만 보였다.

"지루하고, 힘들고, 고통스러울 거야. 소향이도 슬슬 봤겠지만 이대제자들 중에는 재능 넘치는 아이들이 꽤 있어."

"괜찮아요. 느리더라도 포기하지 않고 꾸준히 올라가는 게 중요하다고 사부님께서 말씀하셨잖아요. 저 열심히 하는 건 자신 있어요."

이소향이 싱긋 웃으며 말했다.

그런 이소향의 눈동자에는 짙은 결의가 서려 있었다.

유하성을 실망시키지 않기 위해서라도 이소향은 죽어라 노력할 생각이었다.

"너무 무리하지는 말고. 어째 자꾸 잔소리를 하게 되어서 미안한데."

"아뇨! 저는 절대 잔소리라고 생각하지 않아요. 저를 위해서 하시는 말씀이잖아요. 저는 오히려 좋아요. 저를 신경 써주시는 거니까요. 히히!"

이소향이 슬쩍 와서 안겼다.

제자지만 마치 딸처럼 행동하는 이소향의 모습에 유하성은 피식 웃고 말았다.

그러나 밀어내지는 않았다.

도리어 이소향을 들어 올렸다.

"식사량을 늘려야겠다. 여전히 가볍네."

"마, 많이 쪘는데요."

이소향의 목소리가 기어들어 가듯이 점점 작아졌다.

자란 키만큼이나 몸무게도 상당히 늘었다.

그렇기에 이소향은 부끄럽다는 듯이 말했다.

"별 차이가 없는 거 같아서. 키만 컸지 몸무게는 그대로인 거 같아. 간식도 잘 먹고 있는 거지?"

"네. 언니, 오빠 들이랑 같이 먹고 있어요."

"군것질을 별로 안 해서 그런가?"

유하성이 고개를 갸웃거렸다.

분명 아이들도 전체적으로 살이 오르기는 했다.

성장이 상대적으로 빠른 여자아이들의 경우 동갑내기보다 키가 더 크기도 했고.

그런데 활동량이 많아서 그런지 유하성이 보기에는 여전히 마른 듯해 보였다.

"잘 먹어요. 돈을 벌기 시작한 오빠들이 균현에 내려갈 때마다 이것저것 많이 사 주거든요. 현승 오빠도 주기적으로 균현에서 간식거리를 사다 주고요."

"이제 막 일을 시작한 녀석들이 무슨 돈이 있다고."

유하성이 나직이 한숨을 쉬며 중얼거렸다.

일을 시작했다고 하지만 이제 막내 점소이로 들어간 것이었다.

상단에 들어간 아이들도 잡부나 마찬가지고.

그렇기에 받는 월봉은 보지 않아도 뻔했다.

"안 그래도 그거 때문에 현승 오빠가 화를 많이 냈어요. 돈은 자기가 많으니 아이들 걱정하지 말고 자신만 신경 쓰라고요. 챙기는 건 벌이가 어느 정도 되면, 제 한 몸 건사할 때 하라고요."

"현승이는 돈 많지."

유하성은 고개를 주억거렸다.

나이는 어려도 백현승은 부자였다.

물려받은 재산이 상당할뿐더러 복건성을 정리하면서 얻게 된 재물도 엄청났다.

그러니 백현승은 허세를 부릴 자격이 있었다.

"근데 매번 얻어먹기가 좀 그래서요."

"얻어먹어도 돼. 너희들이 아무리 많이 먹어도 현승이한 테는 크게 부담이 안 가. 그렇다고 너희들이 매일 균현 저잣 거리에 내려가는 것도 아니잖아. 간식도 기껏해야 당과 같은 것들인데."

"헉!"

보지 않고도 천 리를 내다보는 듯한 유하성의 말에 이소향 이 크게 놀랐다.

정확히 간식거리를 짚어서였다.

그러나 아이들의 나이를 생각하면 뻔했다.

무당
패왕

열 살 남짓한 아이들이 먹을 만한 간식은 거기서 거기였다.

"걱정하지 말고 팍팍 먹어. 겨울에는 과일이 비싸지만 이제는 슬슬 가격도 내려가고 종류도 많아질 테니까."

"인원도 많은데 다들 식성이 대단해서요."

"괜찮아. 그 정도는 충분히 감당할 정도로 많아."

유하성은 전혀 걱정할 필요 없다는 듯이 말했다.

아무리 아이들이 많이 먹어도 백현승에게 부담되는 금액은 아니었다.

곽두일보다 백현승의 재산에 대해 더 잘 알고 있는 게 그였다.

또 아이들이 잘 자랄수록 백현승에게 도움도 됐고.

"우웅. 일단 언니, 오빠들한테 말해는 볼게요."

"현승이가 허세 부리지 않아?"

"어……."

이소향이 눈치를 봤다.

그러나 그것만으로 대답은 충분했다.

아니라고 하지 않는다는 건 달리 말하면 긍정을 뜻했다.

"그러니까 걱정하지 마. 자, 좀 쉬었으니까 다시 수련할까? 이번에는 같이."

"네!"

이소향의 얼굴에 미소가 꽃처럼 피었다.

단둘이 수련하는 것도 좋았지만 역시 가장 즐거운 건 진무 태극권을 같이 펼치는 것이었다.

유하성과 함께 권무를 추면 마치 춤을 추는 것 같은 기분이 들어서 좋았다.

"천천히 펼치는 거야. 빠르게 펼친다고 해서 좋은 게 아냐. 중요한 건 하체와 상체의 균형, 그리고 호흡이야. 세 개가 삼위일체가 되어야 해."

"네!"

수십, 수백 번 들은 말이었지만 이소향은 지겹다고 생각하지 않았다.

기본기가 얼마나 중요한지 잘 알아서였다.

그래서 이소향은 다부진 표정으로 유하성과 함께 진무 태극권의 투로를 밟기 시작했다.

"날이 많이 풀렸어."

활짝 열린 창문 밖의 풍경을 보며 이춘상이 중얼거렸다.

앙상했던 나무에 어느새 새싹이 돋아 있었다.

"망아지들도 많이 자라고."

"이제는 제법 얼굴을 알더라고. 근데 도사들이 이런 욕심을 낼 줄은 몰랐어."

"도사는 뭐 사람 아닌가. 자식을 가질 수도 없는데 동물 친구라도 있어야지."

"……듣고 보니 그러네?"

찻잔을 들던 이춘상이 고개를 갸웃거렸다.

결혼을 할 수 없는 건 거지나 도사나 매한가지였다.

막말로 욕심을 부린 건 이춘상 역시 마찬가지였기에 반박할 여지가 없었다.

"누가 성공할지는 모르겠지만."

"전부 성공할 수도 있지."

"반대로 전부 실패할 수도 있고."

"너무 초 치는 거 아냐?"

이춘상이 입술을 삐죽 내밀었다.

좋은 말을 해 주기는커녕 악담을 퍼부어서였다.

그러나 유하성은 그저 가능성을 말한 것뿐이었다.

"말이 그렇다는 거지. 패는 까 봐야 아는 거고. 그래도 일단 다들 즐거우니까 된 거 아닌가? 모두 만족하고 있잖아."

"그건 그렇지. 아빠가 흑풍이니 혈통은 걱정할 필요가 없고."

"잘 키워 줘. 흑풍의 자식들이니까."

"당연히 잘 키워야지. 건강하게 잘 키울 거야. 천하도 구경시켜 주면서."

"좋네."

이춘상의 호언장담에 유하성이 고개를 주억거렸다.

사실 그는 크게 걱정하지 않았다.

그가 부탁하지 않더라도 알아서 잘 챙길 것임을 잘 알아서였다.

"현승이 고 녀석이 아주 영악해. 애들을 거의 다 구슬렸어."

"인재 욕심은 누구나 있는 거니까. 아이들도 함께 지내면서 본 것도 있을 테고. 사실 아이들 입장에서 나쁜 선택지는 아니니까."

"뭐, 그렇긴 하지. 성정이 나쁜 건 아니니까."

유하성을 따라 복건성까지 같이 갔던 게 이춘상이었다.

그런 만큼 백현승의 상황에 대해서는 꽤 깊게 알고 있었다.

내심 응원하기도 했고.

"다른 아이들은 어때?"

"무당파 말고 다른 곳으로 간 아이들 말이지?"

"응."

"사실 상황은 무당파가 좋은 편이야. 다른 곳들은 상황이 썩 좋지는 않아."

이춘상이 입맛을 다셨다.

씁쓸하지만 아무리 명문대파라고 해도 모든 아이들을 책임져 줄 수는 없었다.

재정 상태도 다를뿐더러 수뇌부의 생각이 무당파와 같기란 불가능했다.

그나마 재능이 있는 아이들은 상황이 괜찮았지만 문제는 그렇지 않은 아이들이었다.

"……많이 안 좋아?"

"솔직히 말하면, 어. 모든 문파가 무당파나 너 같지는 않으니까. 정확하게는 너처럼 살뜰히 챙기진 않지. 게다가 여유 자금이 많은 곳은 별로 없으니까. 무당파에는 현승이도 있고, 금와장이 알게 모르게 지원해 준다지만 다른 문파들의 사정은 썩 좋지 않으니까. 번천회와의 전쟁으로 입은 피해도 있고. 아이들이 불쌍한 건 사실이지만 꼭 무문들이 책임져야 할 이유는 없으니까. 도의적인 차원에서 도와줄 수는 있지만 한계가 있지."

"으음."

유하성이 침음을 흘렸다.

기분이 좋지는 않았지만 그렇다고 따질 수도 없는 문제였다.

각각의 상황이 다른 것이었으니까.

어느 정도는 수긍되는 부분이기도 했고.

"가난은 나라님도 어쩌지 못한다고 했어. 그들 입장에서는 충분히 할 만큼 했다고 생각할 수도 있지."

"그래서 어떻게 됐어?"

"눈치 빠른 아이들은 제 살길을 찾아 떠났다고 하더라고. 아니면 삼삼오오 뭉쳐서 떠나거나. 남아 있는 아이들은 대부분 나이가 어린 아이들이라고 해."

"매정하네."

"네 말도 맞지만, 사정이라는 게 있으니까. 자금이 한정적이면 아무래도 남보다는 내 새끼를 먼저 챙길 수밖에 없지."

이해는 가지만 그래도 씁쓸한 건 사실이었다.

모든 문파가 무당파처럼 여유로운 건 아니었으니까.

사실 아이들을 나눠서 받아 준 것만으로도 다른 문파들은 살짝 무리한 것이었다.

"이해가 안 가는 건 아니지만, 그래도 조금 그러네."

"어쩔 수 없는 것도 있으니까. 근데 다 그런 건 아니야. 소림사나 화산파는 무당파와 비슷해. 속가제자로 받아들인 아이들도 많고. 아무래도 다른 곳들에 비해 두 곳은 형편이 나은 편이니까."

"눈칫밥 먹는 아이들, 숫자가 얼마나 돼?"

"데려오게? 다 합치면 숫자가 적지 않을 텐데. 안 오려고 할 수도 있고."

이춘상이 미간을 좁혔다.

그리고 그 생각을 안 한 건 아니었지만 다 합치면 숫자가 생각보다 많을 터였다.

"숙소에 비어 있는 방이 꽤 되니까. 부족하면 하나 더 지으면 되고. 다른 곳에 비해 우리는 여유가 있으니까."

"현승이가 있어서 재정적으로는 여유가 있지."

"대청표국을 생각하면 인원은 많으면 많을수록 좋아. 꼭 표사와 쟁자수만 필요한 건 아니니까."

"이건 현승이하고도 한번 상의해 보자."

이춘상은 일단 보류했다.

나쁘지 않은 생각이긴 했으나 백현승의 입장도 들어봐야 한다고 생각해서였다.

만약 괜찮다고 하면 그때 데려와도 늦지 않았다.

"십천 쪽 상황은 어때?"

"일독문은 사천당가가 개미 새끼 한 마리 남겨 두지 않겠다는 듯이 공격하고 있어서 곧 결판이 날 것 같아. 복수만큼은 확실하게 하는 곳이 그곳이니까. 철기방은 소림사에 항복했어. 공공문도 결국에는 꼬리가 잡혔고. 아무리 잘 숨는다고 해도 한계가 있는 법이니까. 문주의 사형제들이 다 붙잡혀 있기도 했고. 근데 문제는 하오문과 흑점, 벽력문과 귀단문이야."

"아직도 못 찾았어?"

"응. 하오문과 흑점의 수뇌부는 아무래도 새외무림으로 넘어간 듯해. 그게 아니라면 꼬리조차 잡지 못한 게 말이 안 돼. 하오문은 본 방이 추적하고 흑점은 금와장에서 추적했는데도 결국 못 찾았어."

이춘상이 분하다는 표정을 지었다.

개방의 자존심이 걸려 있는 문제였기에 이춘상은 흥분을 감추지 못했다.

"금와장도 못 찾았다며. 그럼 하오문과 흑점이 대단한 거야. 개방이 못한 게 아니라."

"끄응!"

틀린 말은 아니었으나 그렇다고 위로가 되는 것도 아니었다.

때문에 이춘상은 앓는 소리를 냈다.

"괴형문은? 거기는 아무래도 신체적인 특징 때문에 추적하는 게 상대적으로 쉽지 않나?"

"맞아. 그래서 숫자를 많이 줄이긴 했어. 대신 피해도 엄청나고. 만만하게 봤다가 죽은 이들이 상당해. 특히 무명을 얻겠다고 후기지수들이 주제도 모르고 덤벼들었다가 된통 당했어."

이춘상이 팔짱을 끼고서 코웃음을 쳤다.

마음을 모르는 것은 아니지만 그래도 구분을 할 줄 알아야 했다.

용기인지 만용인지 말이다.

적당한 자신감은 도움이 되지만 그게 과하면 피를 부를 수밖에 없었다.

"귀단문과 벽력문만은 확실하게 찾아야 할 텐데."

"모두가 같은 생각이야. 그런데 금와장의 움직임이 묘해. 흑점의 암상들에게 복수한다는 명분으로 찾고 있는데 벽력문도 같이 찾고 있어."

"진천뢰가 탐날 수밖에 없지. 호신용으로는 확실히 좋으니까. 이번 전쟁으로 보관도 용이하다는 걸 알게 됐고."

유하성이 무슨 문제냐는 듯이 말했다.

애초에 각자의 영역을 침범하지 않았다면 이런 일도 없었다.

도둑들과 산적들, 수적들이 무공을 익히고 남의 재산을 탐냈다.

그러다 보니 상인들도 자연스레 스스로를 지킬 방도를 찾을 수밖에 없었다.

"이게 참 애매하단 말이지."

"주인 없는 돈은 먼저 줍는 자가 임자 아닌가?"

"벽력문을 그렇게 말하는 건 너밖에 없을 거다."

"솔직히 말해 보자고. 무인으로서 위험해서 그런 거 아냐? 과거 벽력문을 멸문시켰던 이유도 그거고."

"……그렇지."

모두가 인정하지 않았지만 이춘상은 알았다.

정확하게는 알게 되었다.

벽력문이 왜 멸문했는지, 어째서 정도무림에 악의를 가지고 있는지 말이다.

"냉정하게 말하면 자업자득이지. 크게 보면 욕심에서 비롯된 일이고. 서로의 욕심이 충돌해서 일어나는 게 전쟁이니까."

"부정할 수가 없네."

"그렇다고 막을 명분도 없잖아?"

"정확해. 그래서 애매하다고 말한 거고. 다만 금와장의 금력에 벽력문의 화탄이 합쳐진다면 엄청나게 위험한 것 또한 사실이고."

이춘상이 차를 홀짝였다.

그를 비롯해서 무림인들이 우려하는 게 바로 이것이었다.

화탄은 죄가 없었다.

다만 문제는 그걸 소유하고 있는 자가 어떤 생각을 가지고 있느냐였다.

"그런 우려는 예전에도 있지 않았었나? 금와장이 고수들을 포섭하기 시작했을 때부터. 그런데 실상은 어떻지? 고수들은 많이 끌어들였으나 강호의 판도를 뒤흔들 절대고수는 없었던 걸로 기억하는데. 지금까지도."

"돈에 움직이는 절대고수는 없으니까. 한계가 있을 수밖에 없지."

"화탄도 비슷할 거라고 생각하는데. 실제로 일정 수준 이상의 고수에게는 통하지 않는 게 화탄이잖아. 물론 어떻게 사용하느냐에 따라 천차만별의 결과가 나오긴 하지만."

유하성이라고 벽력문의 진천뢰가 가진 위력을 모르는 게 아니었다.

어떻게 보면 누구보다 가장 많이 진천뢰를 겪어 본 게 그였다.

그렇기 때문에 유하성은 이렇게 말할 수 있었다.

"위협이 되는 건 사실이니까."

"그렇게 따지면 무인도 마찬가지지. 무공을 익히고 있는 이들은 모두 다 잠재적 위협이겠네."

"……."

이춘상은 순간 말문이 막혔다.

반박할 여지가 없는 말이어서였다.

"물론 그렇다고 해서 벽력문이나 금와장을 옹호할 생각은 없어. 위협적이라는 생각에는 나도 동의하니까. 근데 그렇게 심각하게 걱정할 필요는 없다고 생각해. 해결할 방법이 없는 것도 아니고."

"우리가 먼저 찾으면 다 해결되는 일이긴 하지."

"잘 알고 있네."

"흐음."

이춘상의 입에서 무거운 한숨이 흘러나왔다.

온갖 고뇌와 고민이 담겨 있는 한숨이었다.

"그래도 보급이 안 되는 게 어디야. 만약 십천들이 정면승부를 피했다면 상황은 지금과 전혀 달랐을 거야. 그러니까 너무 조급해하지 마."

"하긴. 십천이 호기롭게 도전하지 않았다면, 이기지 못했다면 상황은 정반대였겠지."

새삼 사람의 욕심은 끝이 없다는 걸 이춘상은 느꼈다.

동시에 순리대로 가야 한다는 말이 떠올랐다.

금와장이 벽력문의 진천뢰를 차지하는 게 걱정된다면 그런 일이 벌어지지 않게 막으면 될 일이었다.

어차피 벽력문의 위치를 찾아야 하는 건 개방도 마찬가지였으니까.

"지금까지 잘해 왔잖아. 넌 앞으로도 잘할 거다. 너만 할 수 있는 일을 하고 있는 것이기도 하고."

"병 주고 약 주는 거냐."

"사실만을 말했을 뿐이다."

후르릅.

무덤덤한 표정으로 차를 들이켜는 유하성의 모습에 이춘상은 피식 웃었다.

속가제자이면서 도사 같은 초탈함을 보여 주어서였다.

정작 진산제자가 될 생각은 눈곱만큼도 없으면서 말이다.

"앞으로도 계속 바빠지겠네."

"아이들에 관한 건 나도 사문에 말해 보마. 너무 개방에 맡기는 것 같기도 하고."

"그래 주면 고맙지. 근데 금청당에서 반길 것 같지는 않아서 그렇지."

"현승이도 있고, 나도 재산은 적지 않아. 둘이 합치면 어찌어찌 되긴 할 거야. 아니면 직접 구해도 되고."

"돈을 구한다고?"

이춘상이 고개를 갸웃거렸다.

생산 활동이라고는 전혀 안 해 본, 무당산에 입산한 이후 무공수련만 한 게 유하성이었다.

그렇기에 이춘상은 의아한 표정을 지었다.

"나는 없지만, 구할 방법은 있지. 명분도 있고."

"갑자기 웬 명분?"

"녹림십팔채와 천하수로채."

"아하."

이춘상이 실소를 흘렸다.

어떻게 구한다는 건지 바로 이해가 되었던 것이다.

그와 동시에 아주 조금, 개미 똥만큼 불쌍하다는 생각이 들었다.

하지만 이 또한 자업자득이었다.

"현승이의 복수를 위해 녹림십팔채는 남겨 둔다고 하더라도 천하수로채가 있으니까."

"너도 참 뒤끝이 길어."

"사람인 이상 어쩔 수 없지. 난 성인군자는 아니니까."

"크큭! 그걸 그렇게 대놓고 인정하는 사람은 너밖에 없을 거다."

"너는 아닌 것처럼 말한다?"

유하성이 피식 웃었다.

눈앞에 있는 이춘상도 만만치 않아서였다.

오히려 집요한 구석이 있는 게 이춘상이었다.

"난 괜찮아. 거지니까."

"나도 괜찮아. 도사가 아니니까."

"크크크크!"

유하성의 대답에 이춘상이 어처구니없다는 듯이 웃었다.

참 특이하고 이상한 친구이지만 그래서 좋았다.

　

정오가 지난 시각에 원일은 유하성의 처소를 찾았다.

중식을 갓 마쳤는지 아이들이 분담해서 설거지와 뒷정리를 하고 있었는데 분위기가 화기애애했다.

처음 무당산에 왔을 때도 돈독해 보였었는데 지금은 진짜 친형제처럼 보였다.

"한두 명은 시기할 법도 한데."

여전히 숙소에서 다 함께 지내고 있었지만 상황은 조금씩 달랐다.

진로를 정한 아이들이 있는 반면에 그러지 못한 아이들이 있었다.

특히 이소향의 경우 유하성의 제자가 되었기에 전혀 다른 신분이 되었다고 해도 과언이 아니었다.

그런데 이소향이나 이소향을 대하는 아이들이나 태도의 변화는 전혀 없었다.

"다행이긴 한데 놀랍기도 하네."

말 그대로 신분 상승, 혹은 인생역전이 된 게 이소향이었다.

그러나 적어도 원일이 보기에 이소향을 질투하거나 시샘하는 아이들은 보이지 않았다.

여전히 막내로서 챙기기 바빴다.

이소향 역시 처음 왔을 때와 마찬가지로 언니, 오빠 들을 따랐고.

"뭘 그렇게 보고 있어?"

"사숙."

"요즘 정신없지?"

"예. 장문인 예행연습을 하고 있는 것 같습니다."

느닷없이 들려온 목소리에도 원일은 놀라지 않았다.

애초에 그의 수준으로 유하성의 기척을 잡는다는 것 자체가 불가능하다는 걸 잘 알아서였다.

그리고 이런 적이 한두 번이 아니기도 했고.

"명천 사백 돌려 까는 거야?"

"아, 아닙니다. 절대 그렇지 않습니다. 제가 당연히 해야 할 일이라고 생각하기도 하고요. 사숙들께서 많이 도와주시기도 하고요."

"그건 날 까는 건가?"

유하성이 피식 웃었다.

지금 원일이 말하는 사숙들 중에 그는 없다고 단언할 수 있어서였다.

사실 아이들 신경 쓰랴, 이소향 챙기랴, 연구동 일 도우랴 바쁜 건 사실이었다.

"절대 그렇지 않습니다! 사숙께서 얼마나 바쁘신지 제가 잘 아는데요. 아이들은 물론이고 사매의 수련과 연구동의 일까지 병행하고 계시지 않습니까. 하루에 한 시진도 겨우 주무실 것 같은데요."

원일이 격렬하게 손사래를 쳤다.

진심으로 그는 절대 그렇게 생각하지 않았다.

그가 업무로 바쁜 건 사실이지만 유하성은 그 이상으로 바빴다.

그래서 사실 자신을 부른 게 의아하기도 했다.

"내 수면 시간을 어떻게 아는 거야?"

"계산해 보니까 그 정도 나올 것 같더라고요. 근데 개인적으로 무리하지 않으셨으면 좋겠습니다."

원일이 조심스럽게 말했다.

주제넘을 수도 있는 부분이었기에 유하성의 눈치를 살핀 것이었다.

그리고 진심이기도 했다.

원일은 유하성과 오랫동안 보고, 함께하고 싶었다.

"난 원래 한 시진에서 한 시진 반 정도 잤어. 사부님이 계실 때에도. 그러니 걱정하지 않아도 된다."

"허어."

새삼 유하성이 얼마나 노력파인지 알 수 있는 대답이었기에 원일은 자기도 모르게 입이 벌어졌다.

그러면서 마음을 다잡았다.

천하를 호령하는 고수가 되려면 저 정도의 노력이 무조건 필요하다고 생각하면서 말이다.

"장소를 옮기자."

"예."

부른 이유도 궁금했지만 장소를 옮기자는 말에 원일이 눈을 살짝 크게 떴다.

지금껏 이런 적이 없어서였다.

하지만 원일은 군말 없이 유하성을 따라 텅 비어 있는 공터로 이동했다.

"갑자기 불러서 외진 곳에 데려오니 이상하지?"

"연유가 있을 거라고 생각합니다."

"이제는 때가 된 것 같아서."

"때 말씀이십니까?"

"오늘부터 너에게 면장을 가르칠 거다."

원일의 동공이 더 이상 커질 수 없을 만큼 커졌다.

상상도 못 한 말에 깜짝 놀란 것이었다.

그러나 원일의 반응과 달리 유하성은 담담한 어조로 말을 이었다.

"면장과 십단금의 무공서는 명천 사백께 넘겼다. 근데 무공서로 보는 것보다는 직접 보고 배우는 게 낫잖아?"

"감사합니다."

"장문사형께도 허락을 받았으니까 이 부분도 걱정하지 않아도 된다."

"정말 열심히 배우겠습니다!"

기합이 단단히 들어가서는 깊게 허리를 숙이는 원일의 모습에 유하성은 피식 웃었다.

얼마나 들떠 있는지 표정과 행동에서 볼 수 있어서였다.

"참고로 배우는 게 쉽지는 않을 거야. 소향이를 생각하면 안 돼. 너와 소향이는 다르니까."

"어떻게든 따라가겠습니다."

원일이 형형한 안광을 흩뿌리며 대답했다.

단단한 각오가 느껴지는 눈빛이었다.

"일단은 면장부터. 십단금은 면장을 익히는 걸 보고 결정할 거야."

"최선을 다해 배우겠습니다."

"우선은 내기운용법에 대해서 설명해 주마."

각을 잡고 경청하는 원일을 향해 유하성이 천천히 설명하기 시작했다.

혹시라도 의아하거나 궁금한 점이 있으면 언제라도 물어보라고 하면서 말이다.

그런 다음에는 구결과 투로를 알려 주었다.

"후욱!"

"다시."

무공구결을 다 외우기 무섭게 유하성은 면장의 기본 투로를 가르쳤다.

우선은 암기에 중점을 두고 말이다.

그런데 면장은 단순히 장법이 아니었다.

장법이지만 전신을 움직여야 하는 게 면장이었다.

"후욱! 훅!"

그렇다 보니 원일의 체력은 급속도로 떨어졌다.

극도로 집중한 상태로 기본 투로를 수백, 수천 번 반복하니 제아무리 원일이라도 지칠 수밖에 없었던 것이다.

하지만 그럼에도 원일은 힘들다는 말 한마디 하지 않았다.

지금 이 시간이 얼마의 가치가 있는지 너무나 잘 알았기에 오히려 이를 악물었다.

"우선 두 팔과 보법이 자연스럽게 어우러져야 해. 무릇 모든 무공들이 마찬가지지만 기본형보다 중요한 건 없어. 기본이 완벽해야 변초도, 변형도 가능한 거야."

"명심하겠습니다!"

전신이 땀으로 흠뻑 젖었지만 원일은 멈추지 않았다.

오히려 동작 하나하나에 모든 신경을 쏟아부었다.

하루 만에 모든 걸 몸에 익히는 건 힘들겠지만 최대한 노력했다.

"호흡까지 같이해야 진정한 위력이 나오지만, 그건 차차 해도 늦지 않아. 호흡과의 합일은 네 수준에서 그리 어렵지는 않을 테니까. 적응의 문제라 호흡은 걱정하지 않아도 돼. 다만 기본 투로는 계속해서 수련해야 해. 일이 년 해서 되는 게 아니니까 조급해하지 말고."

"예."

"면장에 모든 수련 시간을 쏟아부을 필요는 없어. 네가 주력으로 익히는 무공은 따로 있으니까. 하지만 매일 일정 시간은 해야 해. 몸이 기억할 수 있게. 또 무공서가 있긴 하지만 만약의 사태가 벌어질 수도 있으니까. 그렇게 되면 네가 면장을 이어 가야 해."

"알겠습니다."

거친 숨결로 인해 대답하는 것조차 힘들었지만 원일은 입을 열었다.

무당면장이라는 이름이 지니고 있는 무게를 잘 알고 있어 서였다.

그리고 내심 배우고 싶었던 게 바로 면장이었다.

이 면장으로 번천회와의 전쟁에서 적들을 도륙했던 걸 직접 목도했었기에 원일은 악착같이 움직였다.

"잠깐 휴식."

"꽤, 괜찮습니다."

"괜찮기는 숨이 턱까지 찼는데. 열심히 하는 것도 좋지만 휴식도 중요해."

"네."

원일이 숨을 크게 들이쉬었다.

괜찮다고 말했지만 실상은 달랐다.

유하성의 말대로 숨이 턱 끝까지 차오른 상태였기에 원일은 천천히 들숨과 날숨을 번갈아 쉬며 호흡을 다스렸다.

"힘들지?"

"아닙니다. 재미있습니다. 솔직히 배우고 싶었고요. 그런데 먼저 말할 엄두가 나지 않아서요."

"확실히 그런 건 있지."

"앞으로는 절대 그런 일이 없을 겁니다."

원일을 비롯해서 원상과 원호, 무율도 알고 있었다.

알게 모르게 유하성이 무당파에 선을 긋고 있다는 사실을 말이다.

마치 언제라도 홀연히 떠날 수 있는 것처럼 보였었기에 사부인 무율은 물론이고 명천과 명덕도 티는 안 냈지만 속으로는 안절부절못했다.

그리고 그 이유를 모두가 알고 있었다.

"글쎄. 그건 모르는 일이지."

유하성이 묘하게 웃었다.

한데 그 모습에 원일이 단호한 표정을 지었다.

"제 대는 물론이고 그다음에도, 그리고 그 후에도 절대 명운 사숙조와 같은 일이 벌어지지 않도록 할 것입니다."

"사람의 뜻은 그 무엇보다도 굳건하지만, 때로는 먼지처럼 가볍기도 해. 그러니 먼 미래의 일은 그냥 지켜보자고. 지금 당장 어떻게 할 수 있는 일이 아니니까."

유하성이 고개를 저었다.

진심은 느껴졌으나 사람의 마음은 바람과 같았다.

지금이야 천년거석처럼 단단하다고 하지만 세월이 흐르면 변색되고 닳기 마련이었다.

그렇기에 유하성은 그저 지켜볼 생각이었다.

"제가 꼭 그렇게 만들 것입니다."

"휴식 끝. 다시 시작하자. 초식과 보법을 정확히 이어 가야 해. 면면부절(綿綿不絕). 면장의 핵심은 이거다. 이걸 계속 생각하고 있어야 해."

"앞으로 체력 단련에 더욱 힘쓰겠습니다."

"그건 네가 알아서 할 문제고."

유하성이 씨익 웃었다.

하지만 원일은 진심이었다.

더불어 어째서 유하성의 체력이 괴물 같은지도 알았다.

면장을 제대로 수련하고 펼치려면 웬만한 체력으로는 어림도 없었다.

꾸욱!

무당파의 대제자로서 원일은 늘 모범을 보이며 솔선수범했다.

동시에 잔꾀를 부리지 않고 지금까지 묵묵히 수련해 왔다.

그런데도 면장을 수련한 지 반 시진도 되지 않았는데 숨이 턱턱 막혔다.

'부족하면 채우면 된다!'

괜찮은 척했지만 실상은 아니었다.

오히려 더욱더 빠르게 지쳤다.

하지만 원일은 최대한 티를 내지 않으려 노력하며 한 초식한 초식에 정성을 쏟았다.

유하성은 물론이고 스스로에게 실망하지 않기 위해서였다.

"힘들어도 집중력을 잃어선 안 돼. 전장에서 지쳤다고 봐주는 적은 없어."

"예!"

아주 조금 흐트러진 걸 귀신같이 알아차리는 유하성의 모습에 원일이 눈을 부릅떴다.

하나도 틀리지 않은 말이었기에 원일은 어금니를 악물고서 면장의 기본 투로를 반복하고 또 반복했다.

그동안의 노력이 헛되지 않았는지 아이들의 움직임에서 제법 무인다운 태가 나왔다.

여전히 어설픈 건 사실이지만 그래도 처음에 비하면 장족의 발전이었다.

무공에 입문한 시기를 생각하면 저게 정상이기도 했고 말이다.

"욕심을 부리면 안 됩니다, 곽 표두님."

"흠흠! 티가 났습니까?"

"네."

"나름 표정 관리를 했는데……."

곽두일이 민망한 표정을 지었다.

나름 산전수전 다 겪은 백전노장이 자신이었다.

그런데 백현승이 속을 꿰뚫어 봤다는 말에 곽두일은 하나뿐인 손으로 볼을 긁적였다.

"이제 시작이잖아요. 우리 길게 봐요. 무공이 고강한 표사가 많으면 좋지만, 믿을 수 없다면 손안의 모래라고 생각해요. 그리고 대청표국은 무력보다는 인덕으로 운영해 왔잖아요. 그 덕을 직접 보기도 했고요. 무공보다, 돈보다 저는 사람이 먼저라고 생각해요."

"맞습니다. 제가 너무 한쪽으로만 치우쳐서 생각한 것 같습니다."

곽두일이 곧바로 사과했다.

그러면서 대견스럽다는 눈빛으로 백현승을 바라봤다.

불과 일 년 전까지만 해도 앳된 티가 역력한 꼬마 아이였던 게 백현승이었다.

한데 지금은 너무나 달라져 있었다.

"그리고 또 모르잖아요. 시작은 미약할지 모르지만 후에는 엄청난 고수가 되어 있을지. 한 명만 그렇게 되어도 복건성에서 최고의 표국이 될 수 있을 거예요."

"저도 노력하겠습니다."

주먹을 불끈 쥐며 곽두일이 말했다.

비록 외팔이 검객이 되었지만 그는 자신이 있었다.

가장 연장자인 만큼 무위도 제일 높았다.

그래서 아이들이, 백현승이 어느 정도 성장할 때까지는 자신이 중심을 잡아 줘야 한다고 생각했다.

"곽 표두님은 이미 충분히 노력하고 계세요. 더 하시면 몸이 망가집니다. 그건 절대 안 돼요."

"하하. 아직은 괜찮습니다. 저 아직 한창때입니다."

단호하게 고개를 젓는 백현승의 모습에 곽두일이 넉살 좋게 웃었다.

걱정하는 건 고마웠지만 그의 시간은 백현승이나 아이들보다 적었다.

살아갈 날이 살아온 날보다도 적을 것이기에 곽두일로서는 하루하루가 너무나 소중했고, 허투루 보낼 수 없었다.

백현승이 성년이 되고, 대청표국이 자리를 잡을 때까지는 그의 역할이 막중했다.

"알죠. 그런데 건강은 멀쩡할 때 챙겨야 한다고 하더라고요."

"틀린 말은 아니네요."

"계속 말하고 있지만 저는 곽 표두님과 오래 함께하고 싶어요. 대청표국이 복건제일표국이 될 때까지요."

"분명히 그리될 겁니다. 제가 견마지로를 다할 테니까요."

곽두일이 매일같이 다짐하는 말을 내뱉었다.

그러자 백현승이 빙그레 웃었다.

"다 함께 노력하면 반드시 이룰 수 있을 거라고 생각합니다."

"맞습니다. 소향이 같은 경우도 있고요. 나중에는 어떻게 될지 아무도 모르죠."

냉정하게 말해 싹수가 보이는 아이들은 없었다.

몇 명이나 절정의 벽을 넘을지 감이 잡히질 않는다고나 할까.

그러나 미래는 아무도 몰랐다.

때문에 곽두일은 마음을 여유롭게 먹었다.

"맞아요. 솔직히 저나 곽 표두님도 이렇게 될 줄 몰랐으니까요."

"하하하. 어떻게 보면 전화위복이 된 셈이죠. 저는요."

"그러니까 오래오래 사셔야 합니다. 저와 대청표국을 위해서요."

"이거 이러다가 죽을 때까지 일만 하다가 가는 건 아닌지 모르겠습니다."

백현승의 농담에 곽두일이 피식 웃었다.

농담에 농담으로 맞받아친 것이었다.

하지만 말과 달리 곽두일은 생의 마지막까지 표두로 살다가 죽고 싶었다.

"약한 소리 하시면 안 됩니다. 저는 가정이 아니라 확정입니다."

"생각해 보니, 그러네요."

곽두일이 실소를 흘렸다.

번데기 앞에서 주름을 잡은 것 같아서였다.

"무슨 죽을 때까지 일만 할 것처럼 말을 해. 자식 낳고 대청표국을 물려주면 되지."

"형님! 아니, 유 공자님!"

등 뒤에서 들려오는 익숙한 목소리에 백현승이 씨익 웃으며 몸을 돌렸다.

그런데 황급히 호칭을 수정했다.

주변에 원상과 원호를 비롯해서 무당파의 일대제자들과 이대제자들이 있기에 눈치를 보는 것이었다.

"편한 대로 해. 여기서 호칭 가지고 뭐라 할 수 있는 사람은 명천 사백과 명덕 사백밖에 없어. 다른 사백들은 찾아오지 않으니까."

"다른 손님들도 있으니까요."

연구동의 빈방에 제갈세가와 금와장의 사람들이 머물고 있기에 백현승이 목소리를 낮추며 말했다.

하지만 유하성은 개의치 않았다.

"사정을 모르는 사이도 아니고. 사적인 자리니까 괜찮아."

"근데 오늘은 어쩐 일이세요?"

"진무 태극검의 형(形)과 식(式)이 어느 정도 몸에 익었으니 이제는 직접 사용해 봐야 하지 않겠어?"

"대, 대련인가요!"

"응. 근데 네가 생각하는 대련은 아냐. 일종의 기본기 수련이라고나 할까. 아마 진무 태극검은 펼쳐 보지도 못할 테지만 그래도 지금의 너에게는 반드시 필요한 수련이지. 아이들에게도 도움이 될 테고."

유하성이 의미심장하게 웃었다.

그러나 묘하게 겁을 주는 말에도 백현승의 얼굴은 밝았다.

유하성과의 대련이 얼마나 큰 가치를 지니고 있는지 너무나 잘 알아서였다.

웬만한 무인이 아니면 비무 자체를 해 주지 않는 게 유하성이었기에 백현승은 반색한 표정을 지었다.

"열심히 하겠습니다!"

"그 각오가 끝까지 이어졌으면 좋겠구나."

"저도 관전해도 될까요?"

들뜬 백현승의 모습에 유하성이 묘한 미소를 머금을 때 곽두일이 조심스럽게 물었다.

그는 대청표국의 표두였지만 엄밀히 말하자면 무당파의 제자가 아니었다.

때문에 곽두일은 유하성에게 물었다.

"괜찮습니다. 곽 표두님은 남이 아니니까요."

"감사합니다!"

"그럼 바로 시작할까?"

"예."

곽두일의 얼굴이 밝아지자 백현승의 표정도 덩달아 밝아졌다.

그러나 그 기쁜 기색은 정확히 반 각이 흐르자 완전히 달라졌다.

"헉헉!"

유하성은 절대 공격하지 않았다.

아예 공격할 생각이 없다는 듯이 뒷짐을 지고 있었다.

그런데 아무리 달려들어도, 검을 휘둘러도 유하성에게는 닿지 못했다.

"벌써부터 지치면 실망인데."

"아, 아직 팔팔합니다!"

"땀이 장난 아닌데?"

"날씨가 더워서 그래요!"

얼굴은 물론이고 목에서도 땀이 비 오듯이 쏟아지고 있었다.

하지만 누가 봐도 지친 기색이 역력했음에도 백현승은 악착같이 움직였다.

지금의 기회를 놓치지 않기 위해서였다.

"너의 거리를 알아야 해. 네 검이 닿는 거리, 혹은 네 손이 닿는 거리를. 넌 검객이니까 가장 먼저 알아야 하는 건 검극이 닿는 거리다. 싸움은 결국 거리 싸움이야. 누가 유리한 거리를 선점하느냐에 따라 승패가 갈린다."

"후웁!"

유하성의 말을 들으며 백현승이 검을 찔렀다.

武當霸王
무당
패왕

실력 차를 너무나 잘 알았기에 백현승은 손 속에 사정을 두거나 하는 건방진 짓을 하지는 않았다.

그저 자신이 할 수 있는 전력을 다해 검을 찌르고 휘둘렀다.

"첫 번째는 검극이 닿는 거리. 두 번째는 검의 위력이 온전히 실리는 거리를 알아야 해. 검이 닿는다고 해서 그게 위협적인 건 아니니까."

폭.

백현승의 검 끝이 유하성의 오른쪽 가슴에 닿았다.

그러나 찌른 건 절대 아니었다.

말 그대로 아주 살짝, 닿을 듯 말 듯 한 상태였다.

그 말인즉 공격을 했음에도 위력이 전혀 없다는 뜻이었다.

"닿은 게 느껴지나?"

"미세하게 닿은 느낌은 들어요."

"이 거리가 기준이야. 닿느냐, 닿지 못하느냐의 기준. 즉 공격에 성공하려면 이보다 더 가까워져야 한다는 거다. 만약에 왼손을 쓴다면 이보다 더 가까워져야 하고. 어떤 수든 네가 공격할 수 있는 간격을 늘 인지해 두고 있어야 해. 가까스로 닿았을 때 그다음에는 어떻게 할 것인지, 최적의 거리일 때는 어떻게 할 건지, 그리고 거리가 너무 가까울 때는 어떻게 공격할 것인지를 끊임없이 생각해야 해."

"……어렵네요."

백현승이 마른침을 삼켰다.

이렇게 말을 들으니 머리가 아파 왔다.

특히 간격의 의미는 머리로 이해가 되기는 했는데 몸으로는 감이 잡히질 않았다.

"너도 이미 알고 있는 사실이야. 단지 초급을 다투는 상황에서 모든 걸 다 계산하는 게 적응이 되지 않아서이지. 물론 본능적으로 이걸 알고 싸우는 이들이 있어. 하지만 그런 이들은 소수야."

"흔히 천재들이라 불리는 부류겠죠?"

"그렇다고 볼 수 있지."

"저는 그럼 죽어라 적응하려고 노력할 수밖에 없겠네요."

"내가 말했지? 재능이 부족하면 몸을 움직여야 한다고."

유하성이 씨익 웃으며 뒷짐을 풀어 손가락으로 스스로의 옆통수를 두드렸다.

머리가 나쁘면 몸이 고생한다는 말을 무인에게 적용해서 표현한 것이었다.

그래서인지 백현승은 단박에 알아들었다.

원래부터 눈치가 빠르기도 했고.

"체력 단련 시간을 두 배로 늘려야겠어요. 안 그래도 요즘 무공교두 역할 한다고 체력이 좀 떨어지는 느낌이 들었는데, 정신 차려야겠어요. 아직 갈 길이 구만리인데."

"늘 생각해. 과유불급. 대신 육체 훈련과 정신 훈련을 나눠서 해. 그나마 번갈아 하면 한쪽은 휴식이 좀 되니까."

"그걸 나누는 게 쉽지 않아요……."

"처음부터 그게 쉬웠으면 넌 천재였겠지."

"윽!"

정곡을 사정없이 찔러 버리는 한마디에 백현승이 가슴을 부여잡았다.

그러나 부정하지는 않았다.

스스로가 천재가 아니란 걸 누구보다 잘 알았다.

천재는커녕 수재 근처에도 가지 못했다.

'하지만 나에게는 영약과 형님이 있지!'

천부적인 재능은 없지만 대신 백현승에게는 무당패왕이라 불리는 유하성이 있었다.

무림에서 손꼽히는 강자이자 가르치는 데는 일가견이 있는 게 유하성이었다.

거기다 대청표국을 잃은 대신에 얻은 영약이 있기에 백현승은 자신 있었다.

천재들처럼 성장이 수직 상승하지는 않겠지만 꾸준히 발전하는 건 가능하다고 말이다.

"충분히 쉬었으니 다시 시작하자."

"우선은 검에만 집중하는 게 맞겠죠?"

"당연하지. 하나라도 제대로 하는 게 중요해. 아마 검의 간격을 잡는 것도 오래 걸릴 거다."

"근데 제가 성장기잖아요. 죽순처럼 엄청난 속도로 자라지는 않는다고 해도 매일 조금씩 자라는데 감을 잡을 수 있을까요?"

백현승이 눈을 껌뻑이며 물었다.

따지는 게 아니라 진심으로 궁금해서였다.

유하성이 아무 의미 없이 이런 수련을 시키지 않을 거라고 생각했지만 그래도 확실하게 알고 넘어가고 싶었다.

"어렵겠지. 근데 나중에는 그게 도움이 돼. 검기상인의 경지에 오르면 간격이 확 늘어나게 되지. 근데 고수들은 몇 번만에 적응을 해. 왜 그럴까?"

"아! 저와 같은 과정을 겪었기에 빨리 적응한 거군요!"

"맞아. 이건 검기를 넘어 검강으로 가도 마찬가지고. 결국 중요한 건 나에게 최적화된 거리를 머리와 몸으로 확실하게 아는 거니까. 기준이 한번 확실하게 잡히면 그 후는 쉬워. 감을 잡기가 쉽다는 뜻이지."

"역시 이렇게 깊은 뜻이!"

"시끄럽고 얼른 시작해. 목표는 검으로 날 맞히는 거야. 검극이든 검신이든 어떻게 해서라도. 검병으로 맞혀도 좋고."

검의 모든 부분을 사용해서라도 자신을 맞히라는 말에 백현승이 마른침을 삼켰다.

유하성은 대수롭지 않게 말했지만 그는 달랐다.

아니, 지켜보는 모든 이들의 생각이 백현승과 같았다.

다른 이도 아니고 무당패왕이라 불리는 무인이 유하성이었기에 맞히는 게 쉬울 리가 없었다.

'일단 죽었다고 생각해야 해. 체력적으로는 아예 상대가 안 되니까.'

백현승이 다시 한번 침을 삼켰다.

다른 사람이었다면 장기전으로 가는 방법도 생각했겠지만 상대가 유하성이라면 무모하기 짝이 없는 방법이었다.

평소에 체력 단련을 얼마나 하는지 누구보다 잘 알았기에 백현승은 머리를 흔들었다.

이기기 위해서는 상대에게 유리한 방법이 아닌 자신에게 유리한 방법을 사용하거나 찾아야 했다.

'애초에 이길 수 없어. 내가 형님을 이길 가능성은 전무해. 형님께서 원하시는 것도 그게 아닐 테고. 그렇다면…….'

백현승의 두 눈에 독기가 서렸다.

생사결이 아니기에 패배해도 되었다.

그러나 쉽게 패배하거나 포기할 생각은 없었다.

'죽을 생각으로 달려드는 거다!'

타앗!

각오가 서기 무섭게 백현승이 달려들었다.

오직 유하성만을 노려보며 짓쳐 들었던 것이다.

스슥!

그러나 혼신의 힘을 다해 검을 휘두르고 두 다리를 움직였음에도 유하성과의 간격은 좁혀지지 않았다.

딱히 현란하게 움직이는 것도 아니었다.

정확하게 딱 필요한 만큼만.

백현승의 검이 닿지 않는 만큼만 유하성은 간격을 유지했다.

"흐읍!"

심지어 유하성은 좌우로 움직이지도 않았다.

오직 뒤로만 물러났다.

공간의 한계가 있기에 중간중간 방향을 틀기는 했으나 전체적인 틀은 후퇴였다.

하지만 누구도 백현승이 유하성을 밀어붙인다고 생각하지 않았다.

"정신 똑바로 차려! 검을 휘두르고 거리를 좁히는 것에만 몰두하지 마! 중요한 건 오차를 줄이는 거다! 머리를 차갑게 해!"

"크흡! 네!"

머리를 강타하는 유하성의 일갈에 백현승이 퍼뜩 정신을 차렸다.

간격을 좁히는 것에만 집중한 나머지 정작 중요한 걸 잊고 있었다는 걸 깨달아서였다.

너무나 유명하고 잘 알려진 머리는 차갑게, 가슴은 뜨겁게 라는 문장을 곱씹으며 백현승은 다짐한 대로 지쳐 쓰러질 때까지 유하성에게 돌진했다.

　쿠웅.

　그 결과 반 시진 가까이 되었을 때 백현승은 한쪽 무릎을 꿇었다.

　굴욕적으로 주저앉은 게 아니라 정말 지쳐서 뻗은 것이었다.

　그래도 꼴사납게 쓰러지지는 않겠다는 듯이 검을 역수로 잡아 지팡이처럼 몸을 지탱했다.

　"고생했다."

　"허억! 헉! 형님은, 헉! 어떻게, 멀쩡하신, 헉헉! 거예요?"

　"내가 너보다 두 배는 넘게 살았는데 당연히 체력 단련도 최소 두 배는 하지 않았겠어?"

　"으윽!"

　얼마나 힘든지 말도 한 번에 하지 못할 정도로 백현승은 지쳐 있었다.

　동공도 살짝 풀려 있었다.

　하지만 그런데도 백현승은 정신을 잃지 않았다.

　"유 공자님. 괜찮으시다면 저도 해 볼 수 있을까요?"

　"곽 표두님께서요?"

　"예. 기본기가 어느 정도 다져졌다고 생각하고는 있는데,

그래도 확실하게 하는 게 좋을 것 같아서요."

"좋습니다."

유하성은 흔쾌히 받아들였다.

어떤 점을 우려하는지 이해가 되어서였다.

강호에서 잔뼈가 굵은 곽두일이고, 몸의 균형이 어느 정도 잡혔다고 하나 실전 감각은 많이 떨어져 있는 상태였다.

좌수검에 익숙해졌다고는 하지만 실전을 겪지는 않았기에 충분히 그의 고뇌를 이해할 수 있었다.

"감사합니다."

"아닙니다. 저에게도 수련이 되니까요. 오히려 제가 죄송합니다. 좀 더 신경 썼어야 했는데."

"아이고, 아닙니다. 유 공자님께서 얼마나 바쁘신지 너무나 잘 아는데요. 하루에 한 시진만 주무시지 않습니까."

"……다 알고 있네요?"

"이제는 식구 아닙니까."

혼자서는 일어나지 못하는 백현승을 아이들이 챙겨서 연무장의 한쪽으로 부축해 가는 걸 보며 곽두일이 말했다.

매일같이 얼굴을 보고, 같이 밥을 먹고, 다 함께 수련을 하니 이제는 정말 식구처럼 느껴졌다.

아이들도 마찬가지인 듯 이제는 처음과 달리 상당히 편하게 대했고 말이다.

"틀린 말은 아니네요."

"그럼 시작할까요?"

"저는 준비됐습니다."

"그럼 바로 시작하겠습니다."

검이 뽑히자 얼굴을 가득 채웠던 부드러운 미소가 삽시간에 사라졌다.

곧바로 대련에 집중한 것이었다.

이제는 굳은살이 제법 박인 왼손으로 검을 잡은 곽두일은 유하성에게서 시선을 떼지 않고서 천천히 간격을 좁혔다.

무작정 돌진했던 백현승과 달리 곽두일은 차분하게 대련을 시작했다.

'급할 것 없다. 내가 할 수 있는 만큼만 하면 돼.'

곽두일은 욕심을 버렸다.

앞서 대련했던 백현승과 마찬가지로 그 역시 유하성에게 검이 닿으리라고는 생각하지 않았다.

방심이라는 것 자체를 안 하는 게 유하성이었기에 그는 애초에 기대를 하지 않았다.

대신 딱 두 가지만 생각했다.

현재 자신의 역량으로서 할 수 있는 것.

더불어 지금 자신이 어디까지 왔는지를 확인하는 것만 생각했다.

휘이익!

그래서 검기는 사용하지 않을 생각이었다.

백현승과 마찬가지로 오로지 순수하게 검술만 펼쳤다.

그리고 그 광경을 모두가 눈을 빛내며 지켜봤다.

황주성은 매일이 새롭고 신났다.

솔직히 집에 비하면 무당산에서의 생활은 그리 편하지 않았다.

그러나 약간의 불편함을 감수하고도 남을 즐거움이 무당산에는 있었다.

"히히! 잘 먹는다."

혼자서는 아무것도 할 수 없었던 집과 달리 무당산에서는 하고 싶은 모든 걸 할 수 있었다.

자유라는 두 글자를 확실하게 느낄 수 있다고나 할까.

손가락 하나 까딱하지 않아도 집에서는 모든 걸 다 해 주었지만 대신 재미가 없었다.

그러나 무당산에서는 달랐다.

꼬옥! 꾁!

노란 병아리들이 처음 알을 깨고 나왔을 때가 엊그제 같은데 벌써 성체에 가까워져 있었다.

처음의 노란색 털이 거의 다 사라진 채로 홰를 치며 지들끼리 싸우는 닭과 병아리의 중간쯤에 있는 녀석들의 모습에 황주성은 입에 미소가 절로 맺혔다.

"싸우지 마!"

"먹이는 많아!"

물론 다른 아이들도 그런 건 아니었다.

특히 이소향은 병아리들이 울부짖으며 싸우자 짐짓 근엄한 표정을 지으며 사이로 파고들었다.

더는 싸우지 못하도록 아예 갈라놓았던 것이다.

"어후. 이번 아이들은 왜 이렇게 사나운 거야."

"공기 좋고 물 좋은 곳에서 자라는데."

"가둬 놓아서 그런 건가?"

"이 정도면 닭장치고 엄청 넓은 건데. 그리고 풀어 두면 여우나 족제비 때문에 안 돼."

시선을 떼기 무섭게 싸워 대는 병아리들의 모습에 아이들이 고개를 저었다.

몇 번이고 비슷한 일이 있었지만 유독 이번 병아리들은 심한 것 같아서였다.

"참 신기한 거 같아."

"뭐가?"

"망아지들도 그렇고 닭도 그렇고 네가 다가가면 얌전해지잖아."

"그랬나?"

은근슬쩍 다가온 황주성의 말에 이소향이 고개를 갸웃거

렸다.

그러자 황주성이 고개를 크게 끄덕였다.

이랬던 적이 한두 번이 아니어서였다.

"응. 어떻게 하는 거야?"

"나도 잘 모르겠는데……."

"비법이 있는 거 아냐?"

"없어."

처음에는 깍듯하게 대했지만 황주성이 하도 편하게 지내자고 해서 이제는 제법 어렵지 않게 대했다.

그러나 어려운 게 아주 조금은 남아 있었다.

나이 차이는 얼마 안 난다고 하지만 황주성은 금와장의 후계자였기에 언니, 오빠 들도 은근히 눈치를 많이 봤다.

"그냥 타고나는 건가. 부럽다."

"별것도 아닌데 뭐가 부러워."

"동물들이 따르는 게. 나도 망아지 갖고 싶어. 흑풍도 만지고 싶고."

황주성이 투정부리듯 입술을 삐죽 내밀었다.

나이는 황주성이 더 많고 덩치도 더 컸지만 이소향은 이상하게 동생과 대화하는 느낌이었다.

"아직 기회가 있으니까 노력해 봐."

"날 좀 도와주면 안 될까?"

황주성이 두 눈을 반짝이며 부탁했다.

처음에는 부탁하는 게 낯설었지만 지금은 아니었다.

오히려 평범한 어린아이가 된 거 같아 너무나 재미있었다.

"내가?"

"응!"

다음 권으로 이어집니다

꿈의 도약, 로크에서 하십시오
(주)로크미디어에서 신인 작가를 모십니다

즐거운 세상, 로크미디어는 꿈을 사랑하고 도전을 두려워하지 않는 작가 분들의 참신한 작품을 기다리고 있습니다. 21세기 장르 문학계를 이끌어 갈 차세대 선두 주자 (주)로크미디어에서 여러분의 나래를 활짝 펴 보시길 바랍니다.

모집 분야 판타지와 무협을 포함한 장르 문학
모집 대상 아마추어 작가, 인터넷 작가
모집 기한 수시 모집
작품 접수 시 유의 사항
  1. 파일명은 작가명_작품명.hwp형식을 갖춰 주십시오.
  1. 파일에 들어갈 내용은 다음과 같습니다.
    − 성명(필명인 경우 실명을 밝혀 주세요), 연락처, 이메일 주소
    − 제목, 기획 의도
    − A4용지 1장 분량의 등장인물 소개
    − A4용지 2장 분량의 전체 줄거리
    − 본문
  1. 작품이 인터넷에 연재되고 있다면, 게시판명과 사이트의 구체적이고 정확한 주소를 기재해 주십시오.

선택된 작품은 정식 계약 후 출판물로 간행되어 전국 서점에 유통됩니다.
작가 분은 (주)로크미디어의 전폭적인 지원하에 전속 작가로 활동하시게 됩니다.
※ 자세한 내용은 로크미디어 홈페이지(rokmedia.com)를 참조하세요.

(04167)서울시 마포구 마포대로 45 일진빌딩 6층
(주)로크미디어 편집부 신간 기획 담당자 앞
전화 : 02) 3273 - 5135
www.rokmedia.com   이메일 : rokmedia@empas.com